文學菁選 7

乞丐王子

The Prince and the Pauper

作者／馬克．吐溫

（Mark Twain）

目錄

作品導讀

做回快樂眞實的自己

——馬克・吐溫和《乞丐王子》的成長日記

馬克・吐溫（Mark Twain），本名塞繆爾・朗赫恩・克里門斯（Samuel Langhorne Clemens），是十九世紀美國著名的作家。一八三五年十一月三十一日，馬克・吐溫出生於美國密蘇里州的佛羅里達鎮，在密西西比河上一個叫漢尼拔的小城長大。這塊新美洲的核心疆土，是美國在征服了法國和西班牙的殖民者後，從原住民手中攫取來的，它成了溝通美國的大動脈。在這塊朝氣蓬勃的土地上，表現出一種新的開拓精神。這對年少的馬克・吐溫個性和人生觀的形成，有著巨大的影響。

馬克・吐溫的父親是一個不得意的鄉村律師，在馬克・吐溫十二歲的時候就去世了，本來不富裕的家境就更加困難。在艱難的生活中，馬克・吐溫做過許多工作，他學習排字，一八五一年到他哥哥歐萊思開辦的報館中做排字工人。在這期間，馬克・吐溫開始學習寫作幽默小品。

一八五六年，馬克・吐溫來到奧爾良，打算從這裡轉道去巴西。在這裡，他偶然遇見了老領水人何瑞斯・畢克斯比，並拜他爲師，後來便在密西西比河上做領水人。南北戰爭爆發之後，馬克・吐溫在戰爭中曾加入南軍。戰爭結束後，馬克・吐溫來到美國西部的內華達，他曾經嘗試在這裡經營木材業和礦業，但都沒能獲得成功。失望之餘，馬克・吐溫開始以寫文章爲生。

一八六三年開始，他以「馬克・吐溫」這個筆名發表文章。在寫作的過程中，馬克・吐溫與幽默作家阿・沃德和小說家布・哈特結識。在他們的幫助和鼓勵之下，馬克・吐溫受益匪淺，大大提高了他的寫作技巧。一八六五年，馬克・吐溫在紐約一家雜誌上發表幽默故事《卡拉維拉斯著名的跳蛙》，一舉成名。從此以後，他便經常爲報刊撰寫幽默文章，開始了職業作家的生涯。

一八六七年，馬克・吐溫以記者的身分，乘坐「桂格城」號輪船，隨一批旅遊者到歐洲和巴勒斯坦旅行。在旅行中，他將自己的見聞寫成報導，後來結集成《傻子出洋記》。這本書於一八六九年出版，是馬克・吐溫出版的第一本書。

一八七〇年，馬克・吐溫與奧莉薇婭・蘭登結婚，婚後居住在布法羅。這一期間，馬克・吐溫自己編輯發行《快報》，但不到一年，就因爲虧損過多而不得不將報紙轉讓。

一八七二年，馬克・吐溫出版了《艱苦歲月》一書。這本書描寫了他成名之前，在荒涼的西部地區的生活經歷。書中記載了許多奇聞軼事，還有許多風趣的西部幽默故事。

一八七三年，馬克・吐溫與查・華納合寫《鍍金時代》。這是馬克・吐溫的第一部長篇小說，也是一部極具諷刺意義的小說。小說描寫了南北戰爭之後，美國的經濟高速發展，到處一片繁榮景象。但是在這層虛假的光環之下，富裕的其實只是極少數人，勞動人民依然過著十分貧困的生活。對這個時代，馬克·吐溫有著一個十分生動形象的比喻——鍍金時代——外表看來光鮮亮麗，裡面卻是一包破銅爛鐵。

一八七一年，馬克·吐溫與全家一起遷居到美國東部康乃狄克州的哈特福德。在這裡，馬克·吐溫迎來了創作的豐收年代。一八七五年，他應豪威爾斯之約，爲《大西洋月刊》撰稿，以自己早年在密西西比河上做領水人的生活經歷爲題材，寫了許多文章。這些文章內容生動，後來彙集成書，名爲《密西西比河的往事》，於一八八三年出版。

一八七六年，長篇小說《湯姆歷險記》出版。這是一本以少年兒童爲對象的小說，但是從小說出版以後所受到的歡迎程度來看，喜歡它的人遠遠不只是那些孩子們，任何年齡層的讀者都認爲這是一本非常有趣的小說。小說塑造了一個天眞、活潑的美國少年，他聰明機智，在危險的情況下，能夠巧妙地化險爲夷；他平等待人，在美國這個種族歧視十分嚴重的社會，他毫無成見地接受流浪兒哈克成爲自己的朋友。在這部小說裡，作者寄託了自己的理想，希望能夠生活在一個沒有紛爭、不分種族的社會裡。小說的語言風趣，有不少事情都是作者的親身經歷，讀來生動有趣，引人入勝。

一八八一年，《乞丐王子》出版。這雖然是寫給兒童的故事，但它卻受到廣泛的歡迎和好評。它與一八八九年出版的《康乃狄克北佬在亞瑟王宮廷》一樣，都是以英國爲背景，諷刺封建制度和宗教陳規的長篇小說。

一八八四年，馬克．吐溫出版了另一部重要的小說《頑童歷險記》。這部小說透過孩子的經歷來表現人類成長的心路歷程，同時針砭時事，揭露社會的各種問題。這本書受到小說評論家的高度評價，同時也多次被列爲禁書。

一八九四年前後，也就是馬克．吐溫寫《傻瓜威爾遜》期間，他的家庭遭受巨大的不幸，一個女兒不幸死去，另一個女兒生了重病。在這同時，他妻子的健康也逐漸惡化。更雪上加霜的是，馬克．吐溫投資的製造自動排字機失敗，他因此而破產。爲了償還債務，他不得不四處旅行演講，先後訪問了夏威夷、紐西蘭、澳大利亞、印度和南美等地。一八九七年，他根據自己的遊歷，寫成了《赤道旅行記》，對殖民地人民的苦難生活做了非常深刻細緻的描寫。

一八九六年，馬克．吐溫出版《貞德傳》，描寫十五世紀法國民族女英雄貞德的一生。

一八九八年，馬克．吐溫終於還清了全部的債務，帶著全家一起回到已經離開了近十年的美國。回到美國之後，他成爲文藝界的領袖，發表了許多討論時事的作品，筆觸依舊犀利辛辣。

一九〇四年，馬克．吐溫的妻子在義大利逝世。這一時期，馬克．吐溫的作品中，批判的意味逐漸減弱，更多的是對現實和人類的悲觀、絕望。一九〇〇年發表的中篇小說《敗壞了赫德萊堡的人》，一九〇六年發表的散文《人是怎麼回事》，一九一〇年發表的小說《神秘的陌生人》，都強烈地反映了這樣一種情緒。《敗壞了赫德萊堡的人》講述的是一個叫做赫德萊堡的小鎮，以誠實和正直而著稱，卻在一袋金幣的誘惑之下，將人性的貪婪和醜陋暴露無疑。藉由這篇小說，馬克・吐溫深刻地揭露了人性的弱點。《神秘的陌生人》則藉由主角逃稅的事件，深刻地表達了作者對社會、尤其是對資產階級的失望。

一九一〇年四月二十一日，馬克・吐溫在斯篤姆菲爾特自家寓所中去世。

《乞丐王子》是馬克・吐溫中期的作品，是一本以少年兒童爲對象的小說。小說背景是十六世紀的英國。一個名叫湯姆的窮孩子，以乞討爲生，受盡了父親的虐待，嘗盡了生活的艱辛。在一個牧師的教導下，湯姆讀了一些書。從書中，他瞭解到王子的生活，於是開始夢想自己也能成爲王子，或者能親自見到眞正的王子一面，他也心滿意足了。終於有一天，機緣巧合下他來到王宮前面，見到了愛德華王子，並且受到王子的熱情款待。出於好玩的心理，王子與湯姆互換了衣服，結果就這樣陰差陽錯地連身分也交換了，一連串奇異的故事情節就此展開。

小說透過湯姆在宮廷生活的描寫，展現了王宮的奢華和鋪張。主角原本幻想的快樂生活並沒有實現，王宮裡充滿了煩瑣的禮節、毫無意義的典禮和無所事事的官員。故事中關於湯姆第一次用御膳的場面，生動地反映了宮廷的奢華和王公貴族的煩瑣禮儀：

服侍他用餐的僕人就占據了半個房間，一個牧師站在桌子前面致餐前禱詞。湯姆禁不住美食的誘惑，正想開始吃飯時，柏克萊伯爵卻把他攔住了，在他的脖子圍上一條潔白的餐巾。柏克萊伯爵是專爲王子管理餐巾的人，而這個職責也是由這個貴族家庭世襲。

在場的還有王子的司酒，當湯姆想喝酒的時候，這位司酒就會搶先爲他斟上酒。還有王子的試食官，他奉命嘗試所有可疑的飯菜，而這也是最具危險性的一個職業，他隨時可能被毒死。但這次他在這裡沒有太大的用處，因爲湯姆並不叫他嘗試任何食物。宮中第一侍從官達賽公爵也在這裡，但誰也不知道他站在這裡有什麼用處，也沒有人去關心這個問題。總膳司站在湯姆背後，他在皇家事務大臣和御廚總管的指揮下，管理著王子進餐的禮儀。除此之外，王子還有三百八十四個僕人，他們都在別的地方做事。也就是說，現在在這裡的僕人還不到他僕人總數的四分之一，而湯姆到現在還不知道，他竟然擁有如此之多的僕人。

而王宮中其他禮節的煩瑣，更是讓人瞠目結舌。一次遊行大典就能充分體現這一點：

地毯剛剛鋪好，一陣悠揚的音樂就從皇宮裡傳出來，河面上的樂師也奏起了美妙的前奏曲。兩個拿著白色指揮棒的前導官，踏著緩慢而莊嚴的步子前進。在前導官後面是一個手執權標的官員；他身後又是一個捧著寶劍的官員；再後面是全副武裝的軍士，他們身上都掛著勳章；之後是身著華服的嘉德紋章局長；再來是幾個袖子上纏著白絲帶的巴斯級騎士；然後是穿著深紅色禮服的法官——他的禮服前面敞開，在邊上還鑲著白色的毛皮；然後是首都市參議會的代表；他們身後則是身著禮服的各市代表人物。隨後而來的是十二個法國貴族的侍從，他們身著禮服，禮服包括白色絲綢上配著金絲的緊身衣，豔紅色的天鵝絨短斗篷裡襯著藍紫色的絲綢，還穿著淡紅色的燈籠褲；他們正從青石階上往下走。在他們後面，是十二個西班牙隨從騎士，他們身上的天鵝絨禮服看不到任何裝飾的東西。跟在他們身後的是英國幾位大貴族和他們的隨從。

不久，老國王逝世，湯姆這個假王子就順理成章地成爲國王。由於湯姆是來自貧困的底層人民，一向過著自由自在、無憂無慮的生活，現在他當上了國王，反而不適應王宮中的束縛與奢華。湯姆一點也不快樂。他現在才知道，以前自己的生活雖然貧困不堪，但是卻自由自在，樂趣非凡。而在豪華的王宮裡，他卻像關在籠子裡的小鳥一樣，整天都得受到各種各樣的限制，不得不處理各種各樣的事情，不得不接見各種各樣的人。他開始懷念以前的生活，迫切地期盼著能趕快跟王子交換回來，做回以前眞正的湯姆。

故事的另一條主線是描寫王子成爲乞丐以後的生活。當王子一穿上破爛的衣服，就再也沒有人相信他是王子了。他過著顚沛流離的生活，隨時都饑寒交迫。

黑夜裡，寒氣透入骨髓，國王的腳早已走痛了，但他仍然慢慢地向前走，因爲他要是坐下來，身上的破碎片根本抵擋不了寒風的侵襲。他在陰森森的黑暗和無邊的夜色裡前進，這種感覺他以前從未經歷過。每隔幾分鐘，他就會聽見一些聲音由遠而近地飄過來，經過他的身邊，然後遠去，但他卻不知道這些聲音是從什麼地方發出來的，只覺得有一種模糊的影子從他面前飄過，而他認爲這就是所謂的鬼怪。想到這些，不免會讓他害怕，但有什麼辦法呢，只有硬著頭皮向前走去。

不僅如此，他還隨時都要受到別人的白眼和欺負，在王子流浪的過程中，他並沒有感受到走出宮廷的自由和快樂。作者透過對愛德華王子這一段經歷的描寫，道出下層人們生活的悲苦，與王公貴族的奢華享受形成了鮮明的對比。這一切，讓習慣了奢華的王子感到無法適應，他渴望能趕快結束這種生活，繼續做他的王子。最後，兩個小傢伙終於交換了回來，各自做回自己的角色。

由於王子經歷過那樣一段艱苦的生活，因此當他做回國王之後，一直關心著民間的疾苦，眞正地希望自己能爲人民多做好事。雖然他在位的時間不長，但他卻是一位非常優秀、受人尊敬的國王。

小說是以十六世紀的英國爲背景，但是他眞正影射的卻是十九世紀的美國社會，反映了當時美國存在著嚴重的貧富差距。此外，在這部小說中，馬克·吐溫的文風已不只是當初那種幽默和犀利，而是混合著更多在成長過程中的思考。湯姆和愛德華王子都不滿意自己的生活狀態，認爲對方的世界無限美好，但在眞正互換了角色之後，才發現一點都不快樂——適合自己的生活才是最美好、最快樂、最幸福的生活。從故事的結局來看，作者對未來的生活充滿美好的願望。

可以說，這是一部成長小說。在我們都做回眞實的自己以後，才會明白什麼最適合自己，才會發現什麼是眞正的快樂和幸福，才會更熱愛更珍惜自己的世界。

整部小說情節動人，想像豐富，語言幽默。自從一八八一年出版的一個多世紀以來，就一直受到人們的歡迎，成爲一部經典的世界名著。

乞丐王子

小引

我要跟大家講一個故事，這個故事是我從別人那裡聽來的，講這故事的人是從他父親那裡聽到的，而他的父親又是從祖父那裡聽到的。故事流傳了三百多年，由父親傳給兒子，再由兒子傳給孫子，就這樣一代一代地傳下去。故事的眞實性值得考究，它也許在歷史上眞正發生過，也許只不過是一個古老的傳說。

01 王子與乞丐的誕生

故事發生在十六世紀第五十個年頭的秋天，在古老的倫敦城裡，一個姓都鐸的富貴人家出生了一個男孩，這是一個全英國都期盼的男孩。

人們奔相走告，傳遞著這個令人振奮的消息，稍稍相識的人也相互擁抱和親吻，但這些並不足以表達他們內心激動的心情。所有的人不分晝夜地狂歡，這樣的情形持續了許多天。白天，大街小巷彩旗飄揚，遊行的隊伍熱情地爲他祝福；晚上，到處點燃了祝福的火焰，大家圍著火堆盡情地歡笑。這一切慶祝，都是爲了都鐸家出生的這個孩子——王儲愛德華・都鐸。

現在，這個孩子正裹著綾羅綢緞，睡在溫暖的大床上，許多大臣和貴婦人在一旁小心地伺候著。而這個孩子卻對這一切都不在乎，毫不理會外面因他而起的熱鬧場面。

在這同時，一個姓康第的人家也出生了一個男孩，但誰也沒有注意到這個裹著破布的孩子——湯姆・康弟，除了自己的家人外，沒有人在意他。

02 湯姆的幼年時代

我們再來看看若干年之後發生的事情吧。

這時倫敦已經有了一千五百年的歷史，城裡有著十萬或者更多的居民，但那裡的街道卻以狹窄、彎曲和骯髒而著稱。倫敦橋附近更是如此，所有的房屋都是用木頭築成，第二層的面積比第一層大，第三層的面積又比第二層大，房子越高，上面的面積也就越大。房屋是用木料交叉釘起來，再加上一些結實的材料、塗上一層灰泥而成。主人們往往按自己的喜好把房屋漆成紅色、黑色和藍色，顯示出某種特別的「氣派」。窗戶很小，嵌著菱形小玻璃，和屋門一樣向外開。可憐的孩子湯姆・康弟就生活在這裡。

湯姆家的房子在布丁巷外面，這是一個叫垃圾大院的骯髒地方。這裡的房子又小又破，裡面擠滿了一些連飯都吃不起的窮苦人家。湯姆家就在第三層樓上的一個小房間裡，父親和母親有一張也許算得上是床的床鋪，湯姆、祖母和他的兩個姐姐白特與南恩，都只能睡在地板上。屋裡還有一兩條完全看不出本色的毯子，幾捆又舊又髒的稻草，亂七八糟一片。每天早上，這些東西總是會讓人踢成一團，到晚上又被翻出來用。

白特和南恩是一對只有十五歲的雙胞胎，和她們的母親一樣愚昧無知，也和母親一樣有一顆善良的心。父親和祖母卻兇惡無比，他們每次喝酒都要喝得爛醉如泥，然後就互相打架，要不就是碰到誰就和誰打架。其實不管醉沒醉，他們都會整天咒罵不休。父親約翰．康第是個小偷，祖母是個乞丐，他們教出來的孩子也都成了乞丐，不過幸好還沒有被教成小偷。

住在垃圾大院的眾多窮人之中，有一位善良的神父——安德魯，他常把孩子們集合起來，教導他們做人的道理。他教會了湯姆讀書寫字，並教給他簡單的拉丁文。神父本想也教那兩個女孩讀書寫字，但她們害怕朋友們的嘲笑，此事就不了了之。

整個垃圾大院的其他家庭和康第一家沒什麼兩樣，每天晚上都會發生酗酒、胡鬧和吵架的事情，經常持續到天亮，打破頭與餓肚子在那裡也都是很尋常的事。不過，小湯姆生活在這樣的環境裡沒有感到不愉快。事實上，他並不知道自己的生活過得很貧苦，因爲垃圾大院裡的孩子過的都是這樣的生活，他以爲這就是舒服的生活。他只知道，要是晚上他空手回家，父親就會先罵他一通，再狠狠地揍他一頓；父親打罵累了之後就輪到祖母，那將是更加嚴厲的拳打腳踢。到了深夜，他的母親會偷偷到他身邊，把省下來的一點麵包皮給他吃。這是母親自己挨餓省下來給他的，要是被她兇惡的丈夫發現鐵定要挨一頓毒打，但她仍然堅持這麼做。

湯姆的生活也不是全無樂趣，尤其在夏天。由於禁止乞討的法律很嚴格，處罰也很重，因此他只要能討到可以活命的東西就行了。剩下來的時間，他就可以到安德魯神父那裡，聽他講巨人和公主、矮子和妖怪、妖魔占據古堡以及國王和王子的動人傳說。許多夜晚，當他那剛被鞭打過的身體躺在又薄又臭的稻草上時，他就會回想起這些故事。他幻想著自己是生活在王宮裡的高貴王子，過著舒服愜意的生活。這麼想著，過不了多久，他就把身上的傷痛全都忘記了。長期的幻想讓他有了一個強烈的願望，那就是要見到一位眞正的王子。有一次，他和大院裡的玩伴說到這個願望時，他們都嗤之以鼻，大夥兒一塊嘲笑他。後來，他就把心事都放在自己心裡，再也不願吐露。

他經常到神父那裡借舊書來讀，不懂的地方再請神父加以講解。在讀書的影響之下，加上他每晚的幻想，湯姆的心理慢慢地發生了一些變化。他每晚都做夢，夢裡的人物都很漂亮，還穿著華麗的衣服，所以他漸漸討厭自己破爛的衣裳和骯髒的身體，他希望自己能穿得更乾淨、更好一些。他還是會和小夥伴在泥潭裡開心地玩耍，但他到泰晤士河裡游泳的時候，就不再只是爲了玩耍，而是爲了把身上的泥土洗淨。

湯姆經常可以看到在契普賽街的五月柱周圍和集市上舉行一些活動，有時也會看到某位要人被押解到倫敦塔。有一年夏天，他還看見愛恩・艾斯裘和三個男人在斯密士斐爾德區的火刑柱上被燒死。還有一次，他聽到一位主教給他們講道，不過他對這位主教的話並不感興趣。

自從湯姆讀過關於王子生活的書後，他的生活發生了很大變化，常常在不知不覺中扮演起王子的角色，並開始模仿宮廷裡的說話和舉動。他的玩伴們都喜歡他的這種變化，因爲這給他們帶來更多好玩的樂趣。湯姆逐漸在這些小夥伴中樹立了威信，因爲他懂的事情很多，能告訴他們許多他們不知道的事情。孩子們把湯姆的舉動告訴自己的父母，他們也就開始談論湯姆・康第，認爲他是一個不可多得的天才。大人們把不能解決的問題拿來請教湯姆，而他總會給他們一個滿意的答覆。事實上，除了湯姆家裡的人仍然認爲他一無可取外，所有認識他的人都把他當成一位大英雄。

沒過多久，湯姆就組織了自己的小國家，他當上了王子，玩伴中有的當警衛，有的當朝廷大臣，有的當武官，有的當侍從和宮女，還有的當王室。這位假扮的王子，每天按照從書上學到的禮儀接受大家的朝拜，而這個「窮人王國」的國家大事，也會在每天早上的會議中提出。這位「窮人國的王子」，每天還會向想像中的陸軍、海軍和總督們發出命令。

接受朝拜後，湯姆照樣穿著破爛的衣服到街上行乞，討幾個銅板，吃著少得可憐的麵包皮。當然，挨打肯定是免不了的。然後，他就躺在骯髒的稻草上，在夢想中體驗富貴的王宮生活。

他還是想看看眞正的王子，只要能親眼看到一次就足夠了，而且這個願望隨著時間的推移，慢慢在他的心裡生了根。後來，這個想法逐漸成爲他生活中唯一的願望。

正月裡的一天，他無精打采地在明興巷和小東契普街附近遊蕩行乞。因爲光著腳，他冷得難受極了。他的眼睛死死地盯著食品店裡的櫥窗，那裡擺著他想吃但又買不起的豬肉餅和誘人的新式點心。在他看來，這些誘人的東西是只有天使才能享用的美味，而他一輩子也不會有好運嘗到如此美味的東西。

這是一個淒涼的日子，陰沉沉的天空中，寒冷的毛毛雨落在湯姆的身上。晚上，他回到家的時候，全身已經濕透了，連父親和祖母看著他又累又餓的樣子都不得不表示同情。

他們以特殊的同情方式，對湯姆一陣拳腳交加之後再讓去他睡覺。因爲疼痛和饑餓的折磨，加上房間裡無休止的咒罵和打鬥，他好長時間都沒能睡著。後來，他又開始了自己美好的幻想，慢慢地進入夢鄉。在夢裡，他和王子們一起玩耍；王子們個個戴著寶石，全身閃閃發光，住在高大的宮殿裡，有許多奴僕向他們行額手禮，執行他們發出的每一道命令。然後，和以前一樣，他又在夢裡開始自己的王子生活。

整個夜裡，帝王的身分讓他覺得無比榮耀。王宮裡燈火輝煌，他呼吸著清香的空氣，行走在大臣和貴婦之間，閃閃發光的人群一邊給他讓出一條路，一邊向他鞠躬致敬。而他也相當氣派，不時對著人群笑一笑，點點頭，表現出應有的禮節。

一覺醒來，周圍仍是骯髒簡陋的屋子，和夢中的宮殿相比，他覺得這裡的環境比昨天破舊了一千倍。傷心、痛苦和眼淚接踵而來。

03 湯姆會見王子

湯姆餓著肚子起床，又空著肚子出門，他到處遊蕩，昨天夢裡的輝煌景象不斷在腦子裡盤旋。他沒有目的地在城裡晃，完全沒有注意到自己走到了什麼地方，也不去關心身邊發生的任何事情。有人擠他，也有人罵他，但陷入沉思中的他覺得這一切都與他毫不相干。慢慢地，他走到了檀普勒門，這是他有史以來從家裡往這邊走得最遠的一次。他站在那裡想了一會兒，然後又向前走出倫敦城牆，繼續陶醉在自己的幻想之中。

河邊已不再是鄉間大路，而是很牽強地被稱之爲街道。說它很牽強，是因爲只有一邊緊密地排列著許多房子，而另一面卻只有稀稀落落的幾所大房子。這些大房子由當時的貴族們所修建，門前寬大而美麗的花園一直延伸到河邊。

不一會兒，湯姆就看見了翠林莊，他在一座美麗的墓碑前休息了一下，這座墓碑是前幾年一位死了親人的國王在這裡修建的。接著，他向一條寬大、幽靜的道路走去，在經過紅衣主教的大宅之後，就看見一座金碧輝煌的建築——威斯敏士特宮。湯姆望著高大的宮殿，宮殿有威嚴的城牆和角樓，有龐大的石門，有上金漆的柵欄，有門口威武的花崗石獅子，還有其他許多象徵英國皇家的標誌。這一切都讓湯姆激動不已，因爲這裡是一座眞正的宮殿，他見到王子的願望說不定會在今天實現。

在金漆大門的兩邊，站著兩個雕像一樣的士兵，他們身上穿著閃亮的銅盔甲，一動也不動地站在那兒。許多城裡人和鄉下人都希望能夠看到王族的身影，爲了表示對王室的尊敬，他們站在一定的距離之外，等待著一個偶然的機會大飽眼福。豪華的馬車在宮殿龐大的宮門進進出出，大人物們都坐在豪華的馬車裡，旁邊跟著衣著光鮮的僕人。

湯姆為了能親眼看到王子，便穿著他那一身破爛的衣服走了過去。他的心劇烈地跳動著。當他充滿希望又畏懼地從兩個士兵身邊走過時，金柵欄裡，一個漂亮的小男孩映入他的眼簾，他高興得幾乎大叫起來。男孩的皮膚因為經常露天玩耍而曬得又紅又黑，穿的衣服全是漂亮的綢緞，身上綴著發光的寶石，腰上別著一把劍和一把匕首，也都鑲上了寶石，腳上穿著精緻的紅後跟短統靴，頭上戴著一頂華麗的帽子，幾根下垂的羽毛繫在一顆大寶石上。幾個穿著考究的男子站在他身邊，他們一定是他的僕人，而他，應該是一個眞正的王子。小乞丐湯姆終於如願以償，見到了眞正的王子。

湯姆激動極了，呼吸變得更加急促，眼睛也因為見到王子而睜得又圓又大。他忘記了所有的事情，心裡只有一個念頭：走近王子身邊，把王子看清楚。不知不覺，他走到了柵欄旁邊。他正貼在柵欄上往裡面張望時，一個衛兵走過來，抓住他破爛的衣領把他推開。湯姆像陀螺一樣滾了好多圈，才停在看熱鬧的人群中。那個衛兵說：

「小乞丐，滾一邊去。」

看熱鬧的人群哄然大笑，沒有人同情這個可憐的小男孩。王子看見了湯姆，馬上跑了過來，小臉因生氣而漲得通紅，他用憤怒的眼光看著衛兵大聲吼道：

「你們怎麼可以欺負一個可憐的小男孩，怎麼可以欺負我父親最低微的人民！快打開大門，我要請他進來。」

看熱鬧的人群馬上止住了大笑，摘下帽子向王子行禮，高聲呼喊著：「王子殿下萬歲！」那情景眞是太有趣了。

兩個衛兵馬上舉起戟來行禮，打開大門請進了湯姆。當這個穿著破爛衣服的「窮人國王子」和衣著華麗的王子一起握手時，他們又行了一個禮。

愛德華・都鐸對湯姆說：「讓你受委屈了。你看起來眞疲倦，肚子餓嗎？跟我來吧。」

王子身邊的五、六個僕人準備撲過來阻止，可是王子擺了擺手，讓他們退到一邊去，於是那些人就一動不動地站在那兒，像雕像一樣。王子把湯姆帶進一間豪華的房間，他說那是他自己的房間。過了一會兒，僕人就送來豐富的飯菜，這些飯菜湯姆只在書上看過，從來也沒嘗過。王子很聰明，他怕自己的客人因爲僕人在場而覺得拘束，就吩咐他們先出去，然後自己坐在旁邊，一邊請客人吃飯，一邊問他一些問題。

「你叫什麼名字？」

「回王子殿下，賤名湯姆・康第。」

「這個名字眞是奇怪，你住在什麼地方呢？」

「回王子殿下，我住在舊城裡，在布丁巷外面的垃圾大院裡。」

「垃圾大院！又是一個奇怪的名字。你的父母都在世嗎？」

「父母都在，王子殿下，我還有一個奶奶，她對我來說一點也不重要。另外還有兩個雙胞胎姐姐，南恩和白特。」

「我想你奶奶對你不好吧？」

「是的，王子殿下，她對所有人都不太好，她的心腸很壞，成天都幹壞事。」

「她虐待你嗎？」

「有時候也不，當她睡著了或是醉得不醒人事的時候就不會。當她醒過來就會拼命地打我，把睡覺或是喝醉時沒打的都補上。」

小王子眼裡明顯露出生氣的眼神，他大聲地說道：

「怎麼？她打你嗎？」

「是啊，王子殿下，她確實打我了。」

「她居然打你，你那麼瘦弱，可惡！用不著等到晚上，我就要把她關到塔裡去。」

「王子殿下，她是個下等人，塔裡可是用來關大人物的。」

「說得也是，我倒沒想到這個，我要好好想想怎麼處罰她。你父親對你好嗎？」

「比我奶奶好不到哪兒去，王子殿下。」

「我想做父親的都是這樣吧，我父親脾氣也不太好。他打起人來可用力了，不過他從來沒打過我，只是嘴上說說而已。你母親對你怎麼樣呢？」

「她對我很好，殿下，我很喜歡她，她也不會讓我吃苦。南恩和白特也是，脾氣和我母親一樣好。」

「她們倆多大了？」

「回王子殿下，十五歲。」

「我的姐姐伊莉莎白公主十四歲了，堂姐潔恩・格雷公主和我一樣大，都長得很漂亮，對我也很好。我還有一個姐姐瑪麗公主，她的態度可不好，她……對了，你的姐姐也不准她們的僕人笑嗎？」

「僕人？王子殿下，你認爲她們會有僕人嗎？」

「爲什麼沒有？那她們晚上睡覺的時候誰幫她們脫衣服，早上起來的時候又是誰給她們梳洗打扮呢？」

「沒人幫她們，王子殿下。難道她們要把衣服都脫掉，像野獸一樣光著身子睡覺嗎？」

「脫掉衣服就光著身子！她們難道就只有一件衣服嗎？」

「是啊，王子殿下，她們要那麼多衣服有什麼用呢？她們都只有一個身體。」

「這眞是一個奇怪的想法，哦，對不起，我不是故意要笑。我會讓你的姐姐南恩和白特有好多漂亮的衣服，而且有足夠她們使喚的僕人，我馬上叫我的財政大臣去辦。不用對我說謝謝，這算不了什麼。你說話很文雅，讀過書嗎？」

「回王子殿下，我也不知道那算不算讀書，我跟著一個叫安德魯的神父學過一點，只讀過他的書。」

「你懂拉丁文嗎？」

「只懂得一點，王子殿下。」

「好好學吧，拉丁文只是剛開始的時候有點難。希臘文才難呢，但伊莉莎白公主和我堂姐覺得這些學起來都不難。你要是看見那兩個女孩唸外文才有趣呢！你給我說說你們的垃圾大院吧，你在那裡過得愉快嗎？」

「說實話，王子殿下，除了肚子餓的時候不好受之外，我過得很愉快。那裡有好看的傀儡戲，還有猴戲，那些猴子眞是很有趣呢，都穿著漂亮的衣服。還有一些戲裡，演員們都拼命地吵鬧、拼命地打架，直到全都殺光了才結束，好看極了。不過每次看都要一個銅板呢，王子殿下，我要賺一個銅板可不容易。」

「你再多講一些吧。」

「在垃圾大院裡，孩子們也會拿著棍子互相打鬥，就像戲臺上那樣。」

王子聽到這裡，眼睛裡放出喜悅的光芒，他說：

「我覺得太有意思了，繼續說下去。」

「是的，王子殿下。我們有時還會賽跑，看誰跑得最快。」

「這個也有意思，再繼續說。」

「王子殿下，每當夏天的時候，我們都會到運河和大河裡去游泳，還會把身邊的人按在水裡，還會往水裡鑽，大聲叫著在水裡摔跤，還……」

「要是能像這樣玩一回，就算拿我父親的江山來換我也願意！再往下說吧。」

「我們還在契普賽街圍著五月柱唱歌跳舞；還會在沙堆上玩，把自己用沙子蓋起來；最好玩的還是泥土，我們經常用來做成蛋糕，我覺得那是全世界最有趣的東西。王子殿下，您別見怪，我們幾乎是在泥堆裡長大的。」

「別再往下說了，眞是太有趣了！要是沒有人管我，讓我能穿上你的衣服，脫光了腳，也到泥堆裡玩一次，只要玩一次，我就心滿意足了，甚至連王冠我都可以不要。」

「王子殿下，要是我能穿上您那樣的衣服，就只穿一次……」

「你喜歡穿這樣的衣服嗎？那還等什麼呢？我們現在就把衣服換過來，雖然這只能換來短暫的快樂，但那就足夠了。在別人還沒發現的時候，我們就可以再換過來。」

幾分鐘後，王子穿上了湯姆那身破爛的衣服，而「窮人國的王子」卻把那身華麗的衣服穿在身上，神氣極了。他們倆走到鏡子前面並排站著，奇怪的事情出現了：他們兩個好像根本沒換過衣服。他們睜大眼睛對望了一眼，然後再看看鏡子，再對望。最終，王子打破了沉默：

「你覺得這是怎麼回事啊？」

「王子殿下，您不要讓我來回答這個問題，我是低賤的人，要是說出這樣的話來就太不妥當了。」

「那我來說吧。我們的頭髮一樣，眼睛一樣，聲音一樣，外貌、身材都一樣，長相和氣質都一樣，要是我們倆都不穿衣服，誰也分不出哪個是你，哪個是我。我現在穿上你的衣服才能體會到你的委屈，剛才那個士兵太野蠻了，瞧，你手上還有個傷痕呢。」

「是啊，不過這沒什麼大不了，王子殿下，那個可憐的衛兵……」

「不用說了，這件事情太過分，也太殘忍了！」小王子生氣地跺著光腳說道。「要是國王……你待在這裡等我回來，這是命令！」

馬上，他拿起桌子上的一件東西，把它藏好之後就跑了出去。他穿著隨風飄揚的破爛衣服奔跑過庭園，生氣地去找衛兵。他走到大門，抓住柵欄一面搖晃一面大聲地說：

「開門，快把門打開。」

剛才對湯姆很兇的那個衛兵馬上把門打開，王子生氣地跑出去，剛走出大門，那個衛兵就狠狠地給了他一耳光。王子被這一耳光打得在地上滾了好幾圈，趴在大路的泥潭裡。衛兵接著大聲罵道：

「賞你一耳光，你這個臭叫化子！你害我被王子罵，這是我回贈你的。」

外面那群閒人都嘲笑倒在泥潭中的王子。王子從泥潭裡爬起來，憤怒地向衛兵跑過去，還一面吼道：

「我是王子，你竟然這樣對待我神聖不可侵犯的身體，我要把你處以絞刑！」

那個衛兵舉起戟，嘲笑地向他敬禮，說：

「我向你致敬，王子殿下。」然後他兇惡地說，「快滾，你這異想天開的小雜種！」

於是一群人帶著戲弄的眼神向王子圍過來，連推帶擠地擁著他順著大路向前走。大家都在罵他、嘲笑他：「快給王子讓路！快給王子讓路！」

04 王子遇難

王子剛開始還會對這群閒人擺出皇家的架子，並對他們發出皇家的命令，但這只是給他們提供一些笑料而已。經過了幾個小時的折磨之後，王子決定對一切都保持沉默，作弄他的人也不再對他感興趣，就丟開他，去別處尋找可以消遣的事情。

王子向四周看了看，可是他並不知道自己在什麼地方，他唯一知道的就是他在倫敦城裡。他漫無目的地向前走，過了一會兒，他走到一個房屋和行人都很稀少的地方。他把還在流血的腳放到河裡洗一洗，休息了幾分鐘，又向前走去。不久他來到一塊空地上，那裡有稀疏的幾座房子，還有一座高大的教堂，教堂到處都搭著支架，還有工人在上面施工。很幸運的，他認識這座教堂，這座教堂原本叫聖芳濟教堂，自從國王去年從修道士手裡接過來之後，就把它改爲貧兒和棄兒的收容所，更名爲基督教養院。王子想，這裡的人一定會照顧國王的兒子，再說現在他的兒子也像這裡所收容的孩子一樣孤苦無依。

於是他走到一群正在玩耍的男孩子當中。他們有的在亂跑亂跳，有的在打球，有的在玩跳背的遊戲，都玩得非常高興。他們穿著當時僕人和學徒們流行的服裝，頭頂上有一個茶碟大小的黑色小扁帽，頭髮從帽子下面垂到額頭上，周圍剪得很整齊；脖子圍著一條像牧師繫的那種寬領帶；一件藍色的長袍裹在身上，下襬一直垂到膝蓋，甚至更低，袖子又寬又長；紅色的腰帶，黃色的襪子再配上有著大顆金色鞋釦的短統鞋。王子覺得這種衣服眞是太醜了。

孩子們看到他，就停止了玩耍，都圍在王子身邊。王子以天生王者的語氣說：

「孩子們，去通報你們的頭兒，就說愛德華王子要見他。」

孩子們聽到他說完這話，哈哈大笑起來，一個粗魯的男孩嘲笑道：

「唉喲喲，你是王子殿下派來的嗎，叫化子？」

王子氣得臉漲得通紅，習慣性地把手伸到腰下，那裡原來掛著兩把劍，但現在卻什麼也沒有。孩子們看到這個舉動又哈哈大笑起來，其中一個孩子說：

「看見了嗎？他還以爲他有劍呢？說不定他眞的是王子呢。」

這一句玩笑話引來大家更多的嘲笑，可憐的愛德華王子挺直了身子，還是用王者的語氣說道：

「我本來就是王子，你們都受了我父王的恩惠，可是卻這樣對我，眞是太沒禮貌了。」

孩子們聽了之後又哈哈大笑起來，他們覺得這話太有意思了。最先說話的那個孩子對大家吼道：

「喲，你們這些沒禮貌的傢伙，你們全都是因爲王子殿下的父親才能活命。快給王子殿下下跪，拜見王子殿下和他這件破爛的衣服吧。」

一群人馬上跪下，在狂笑中給面前的王子殿下行禮。王子一腳踢倒離他最近的那個孩子，憤怒地說：

「先賞你這一腳，明天我會給你搭起一個絞架。」

這一腳惹惱了玩笑中的孩子，笑聲馬上停止，一下轉爲憤怒，十幾個孩子一起吼道：

「快把他拉開，拉到洗馬池，拉到洗馬池那兒去！狗在哪兒？快，獅子，獠牙，快咬。」

接下來發生的事情在英國可算是空前絕後，王子被臣民憤怒地毆打，並放出惡狗把他咬得渾身是傷。

當夜幕降臨的時候，王子已經走到一個房屋稠密的地方。他帶著滿身的傷痕，手還在流血，破爛的衣服上沾滿了污垢，繼續漫無目的地向前走。他感覺疲倦極了，兩條腿都有些不聽使喚，心裡充滿了恐慌。他不再向人打聽，因爲他不但根本問不出什麼，還會遭到人家的嘲笑。現在，他只是一個人自言自語：「垃圾大院，我要找到這個地方，只要我不會累得倒下，我就能找到這個地方，那時我就得救了。他們會看出我不是他們的家人，然後把我帶到宮裡去，到時我就可以恢復我的身分。」他心裡還想著基督教養院那群孩子對他的拳打腳踢，於是他又說：「以後我當國王的時候，我不僅會讓他們得到麵包和住處，還要讓他們讀書，不讀書就不知道什麼叫禮貌。我會記住今天發生的事情，我要用學問來使我的百姓都變得文雅和慈愛。」

街上漸漸有了燈光，狂風暴雨也在這個時候降臨。無家可歸的王子仍然向前走著，他走到那些迷宮似的小巷裡，這些骯髒的小巷聚集了無數的窮苦人家。忽然，從小巷裡冒出一個身材高大的醉漢，那人一把抓住他說：

「又是一出去就一整天，我看你今天一個銅子也沒帶回來吧？要真是如此，我非拆了你的骨頭不可，要不我就不叫約翰．康第。」

王子一轉身，擺脫了那個人，下意識地把肩頭拍乾淨，然後急切地問：

「啊，你就是他的父親嗎？真是太好了，你快去把他帶回來，把我送回去吧。」

「他的父親？你這話是什麼意思，我只知道我是你的父親，你等一會兒就會……」

「別開玩笑了，也別再說這種話，我累極了，還受了傷，這種日子我也受夠了。只要你把我帶到我父王那兒去，他會給你很多錢。相信我，我沒有說謊，請救救我吧，我的確是真正的王子。」

那個人呆呆地站了一會兒，然後低下頭看了他一眼，搖搖頭說：「我看你真是瘋了，和瘋人院的瘋子沒什麼兩樣。」然後他又一把揪住王子，發出可怕的笑聲和咒罵，「我可不管你是不是瘋子，我和你奶奶一樣會拆掉你的骨頭。」

說完，他就把氣得發狂、正拼命想逃脫的王子，拖進房屋前面的一條巷子裡，後面還跟著一長串看熱鬧的閒人。

05 湯姆當了王子

湯姆·康第獨自留在王子的房間裡等著王子回來。趁著這個機會，他好好地欣賞了這裡的一切。他先站到大鏡子前，不停地轉圈，欣賞著一身華麗的服飾，然後再對著鏡子，模仿王子擺出各種高貴的姿態。他把別在腰間的短刀拿出，仔細端詳上面的寶石和花紋。然後又抽出那把漂亮的劍，行一個鞠躬禮，吻了吻劍，再把它橫放在胸前——這個動作是五、六個星期前在一個爵士那兒學到的，當時他們正押解著諾阜克和索利兩個大公爵，他在把犯人移交給倫敦塔的看管時，就是這樣行禮的。湯姆又仔細觀察了屋子裡那些貴重的精美飾品，坐在豪華的椅子上想著，要是垃圾大院裡的孩子們能看到他現在這副神氣的樣子，那該有多好啊。他知道，要是回家之後把這件事情講給他們聽，他們一定不會相信，肯定以爲他在說瘋話呢。

過了半個小時，王子還沒回來，湯姆覺得一個人待在這麼大的房子裡實在太寂寞了。他也不再擺弄屋子裡那些稀奇的東西，開始靜靜地等待王子回來。他的情緒隨著時間過去由不安轉爲焦急，後來又增添了無窮的苦惱：要是現在有人進來，看見他穿著王子的衣服，而王子不在這裡，那誰又能替他解釋？他曾聽人說過，通常大人物處理這種小事情的做法是先把他處以絞刑，然後再對事情做進一步的調查。這個念頭加劇了他心裡的恐慌，於是，他輕輕地打開通向外面的房門，他希望可以跑出去找到王子，因爲王子一定會保護他不受到任何傷害。門剛一打開，幾個衣著鮮豔的僕人馬上站起來，對他深深地鞠躬。湯姆嚇得連忙後退，立刻把門關上，說：

「他們一定和我開玩笑呢，他們會向國王報告。天啊，我爲什麼要來這裡送死呢。」

湯姆在屋裡急得團團轉，無名的恐懼在他心裡蔓延，兩隻耳朵仔細地聆聽著周圍的一切，只要有一點小小的響動都會嚇得他直冒冷汗。突然，門一下子打開了，走進來一個穿著絲綢衣服的僕人，他說：

「潔恩．格雷公主駕到。」

一個女孩進來之後，門又關上了。這個穿得很闊氣、長得很漂亮的小女孩，高興地向他走過來，可是走近一些的時候又忽然站住了，然後以一種十分擔心的口吻說：

「啊，王子殿下，您怎麼了，哪裡不舒服嗎？」

湯姆被嚇得喘不過氣來，用顫抖的聲音說：

「公主，請您饒恕我吧，我並不是什麼王子殿下，我只是舊城裡垃圾大院的一個窮孩子湯姆．康第。只要您讓我見到王子殿下，他會把我破爛的衣服還給我，並且放我回家。請您發發慈悲，放過我吧！」

湯姆此時已經跪在地上，用可憐而恐懼的眼神望著眼前的女孩。這個小女孩似乎也被嚇得不輕，她大聲地說道：

「天啊，王子殿下，您怎麼可以下跪呢？怎麼可以給我下跪呢？」

她從來也沒經歷過這種場面，說完就害怕地跑掉了。湯姆徹底地絕望，他覺得自己不久就會死去，於是躺在地上喃喃地說：

「沒辦法了，沒辦法了，他們一定會把我抓起來，這下我死定了。」

他因恐懼而漸漸失去了知覺，與此同時，一個消息在宮裡很快地蔓延開來。消息以耳語的形式傳播著，僕人告訴僕人，大臣告訴貴婦，這幢樓傳到那幢樓，全都在說著同一件事：「王子瘋了！王子瘋了！」大廳裡很快就聚集了眾多的大臣和貴婦，他們的臉上呈現著恐慌的表情，不停地在談論著這件事情。

不久，一位衣著華麗的官員向這群人迎面走來，拿出一道上諭大聲地宣讀：「陛下有旨：大家不能相信王子有病的事情，也不能談論此事，更不能向外傳揚，如有違令者立即處以死刑。」

大家馬上停止交談，大廳頓時變得鴉雀無聲，所有的人都安靜地站在原地面面相覷，誰也不再說話。

過了一會兒，走廊上又傳出大家低聲談論的聲音，大家都說：「看，王子，王子向這邊走過來了！」

湯姆懷著恐懼的心情走過來，害怕地看著那一群又一群衣著華麗的人不斷地向他鞠躬行禮，同時也不忘用他那恐慌的眼睛看著四周精緻的景色。他感到腳下發軟，幸好大臣們都走在他的兩邊，讓湯姆可以靠在他們身上。他的後面，還跟著宮裡的御醫和幾個僕人。

穿過長廊，湯姆來到了一個豪華的大房間，他聽見有人把門關上，屋裡只剩下剛才陪他來的那些人。在他面前不遠的地方，有一個身材魁梧的人斜靠在床頭上，他的臉寬大而多肉，看起來很莊嚴，頭髮是灰白色的，鬍子也是灰白色，長在臉周圍，看起來就像鏡框一樣；衣服用上好的布料做成，但看起來已經舊了，很多地方都有了磨損的痕跡。他的腿綁著繃帶，看起來還有些發腫，在腿下面墊著兩個枕頭。這個時候，除了這個人之外，其他的人都恭敬地低著頭，而眼前這個人就是威武的亨利八世。他說：

「親愛的，我的愛德華王子，你還好吧？你是不是故意逗著我玩呢？我是你的父王啊，我最疼愛你，最體貼你，你怎麼可以這麼調皮呢？」他說話的時候始終保持著溫和的神情。

湯姆腦子裡一片混亂，他盡力用心地聽著國王說的話，但當他聽到「你的父王」時，臉色一下子變得蒼白。雙腿再也支撐不住身體的重量，馬上跪倒在地，大聲說道：

「您就是國王陛下？看來我眞的要死了！」

這一舉動讓國王始料未及，他驚慌失措地望望這個人，又望望那個人，最後把目光定在湯姆身上。他感到非常失望，說：

「本來我並不相信傳言，但現在這種情況又由不得我不相信。」他深深地歎了口氣，和藹地說，「可憐的孩子，到父王身邊來，你眞是生病了。」

大臣們馬上扶起湯姆，他緊張地走到國王身邊。國王捧著他那驚嚇過度的臉，慈愛地看著他的雙眼，希望能看到一絲恢復理智的跡象。接著，他又把湯姆的頭按在自己的胸前，輕輕地撫摸著說：

「好孩子，我是你的父親啊，你還認識我嗎？你不要再讓我傷心了。你是認識我的，對吧？」

「當然認識，您是威嚴的國王陛下啊。」

「對啊，對啊，你放心，這裡沒有人能傷害你，這裡的每一個人都愛你。現在一切都過去了，噩夢已經結束了。現在你知道自己是誰了吧？他們說剛才你把自己的名字記錯了，現在不會了吧？」

「回國王陛下，我剛才說的全都是眞的，請您原諒我，相信我，我是您的百姓裡最低賤的人，我生來就是一個乞丐，因爲一個偶然的機會我來到這裡，但責任並不全在我。我不想現在就死，我還年輕，只要您說一句話就能免我一死。請您開恩啊，陛下！」

「死？別這樣說，我親愛的王子，你受了太大的刺激，快點安靜下來吧，我不會讓你死的！」

湯姆馬上跪倒，歡呼道：

「國王陛下，您有一顆仁慈的心，老天一定會保佑您，國王萬歲！」他說完過後馬上跳了起來，高興地沖著身後的兩個侍從叫道：「你們聽見了嗎？我不會死，這是國王的旨意。」大家除了畢恭畢敬地向他鞠躬之外，就再也沒有其他反應。他看見這種情形有些心虛，想了一下對國王說：「我現在可以走了吧？」

「走？只要你想走，那是當然的，可是你爲什麼不多陪我一會兒呢？你準備去哪兒？」

湯姆聽到這話時連忙低下了頭，誠惶誠恐地回答道：

「我想我是理解錯了，我還以爲我已經恢復自由了呢，所以想回家裡去。那裡雖然像狗窩一樣，讓我一出生就沒好日子過，但那畢竟是我家啊，我還有母親和兩個姐姐在那兒呢。這裡雖然豪華，但我想我還是不太習慣。仁慈的陛下，您就讓我回家吧。」

國王聽完之後什麼話也沒說，只是靜靜地想了一會兒，對大家說：

「我想他只是有一點神經錯亂，我們說說其他的問題吧，希望他沒事才好。那現在來試一試吧。」

國王充滿希望地看著湯姆。接著，他用拉丁語問了湯姆一個問題，湯姆學過一些簡單的拉丁文，也就用差勁的拉丁語回答了他。國王聽到之後，臉上露出了高興的笑容，他問御醫：「他沒什麼大礙吧，大夫？」

御醫先對國王鞠了個躬，回答道：

「國王英明，您的看法相當正確，下臣也這樣認爲。」

說這話的御醫是一個醫術高超的名醫，國王聽完之後臉上露出了欣慰的微笑，於是高興地說：

「情況看起來很好，讓我再來試一試他。」

接著他又用法文向湯姆提問。湯姆聽不懂國王提出的問題，看著那些期待的目光，站在那裡不知所措，過了一會兒，他才膽怯地說道：

「國王陛下，我沒有學過這種語言。」

國王聽了之後失望地往後倒，僕人們趕緊走上前去，想要扶他，但他只是揮了揮手叫他們退下，說：

「沒事，我只是因爲敗血症發暈而已。把我扶起來，好，就這樣。孩子，快過來，你的頭一定不清醒，靠在我胸前吧，定定心。一切都會過去，這種情況只是暫時的。不要怕，一切都會好的。」然後他轉過身去，目光不再和藹，嚴厲地對屋子裡的人說：

「你們都聽好，我兒子是瘋了，但這只是暫時的。完全是因爲讀書太努力，我對他的管制也太嚴格了。現在起他不用唸書，也不要老師，馬上去辦。我要讓他好好地玩，找人陪他解悶，他一定會很快恢復健康。」他努力支撐起肥胖的身體，打起精神繼續說：

「他瘋了，但他還是我的兒子，還是大英帝國的王儲，無論如何我都會讓他繼位。你們還要記牢了，要是你們誰把他有病的消息傳出去，那將對英國帶來不可預料的後果，我一定會將他處死……給我一杯水，我心裡眞是太難受了，這件事情讓我有些疲倦……快，把杯子拿開……扶我一把。好，這樣就行了。你們認爲他瘋了，是嗎？就算他的瘋病再嚴重，他還是會繼承我的王位。明天，明天我就讓他登基，赫德福伯爵，馬上傳旨。」

話音剛落，就有一位貴族跪在國王面前說：

「尊敬的陛下，英國世襲大典禮官諾皐克現在已經沒有權力了，他正關在塔裡，要他做王子登基的禮官似乎……」

「住口，不許再提那個可惡的名字。難道我的旨意會因爲這個人受到阻礙嗎？王子會因爲少了一個犯叛國罪的典禮官就不能登基嗎？通知國會，明天之前我要處死諾皐克，要是辦不到我將嚴厲地懲罰國會的人。」

赫德福伯爵說：

「陛下的旨意就是法律。」他說完之後就站了起來，回到人群中去。

國王的怒氣漸漸平息下來，他對湯姆說：

「親吻你的父親吧，我的兒子，怎麼，你在害怕什麼呢？我是愛你的父親啊！」

「偉大仁慈的陛下啊，您對我眞是太好了，但我知道，我不配您對我這麼好。但是……

但是我想到有人將要死去心裡就難受，我……」

「啊，我的兒子，親愛的皇子，你總是這樣寬厚仁慈，雖然你的神經受到刺激，但你的心腸永遠都那麼好。那個公爵本來就應該處死，我會另外找一個更適合的人來代替他。你放心好了，這些事情不用你操心，父王會處理好的。」

「可是國王陛下，他是因我而死的啊，要不是我，他還可以活得更久一些。」

「不用爲他擔心，親愛的王子，他不值得你來操心。再親吻你的父親一下，然後就去開心地玩耍。我的病折磨得我太痛苦了，我需要休息一下。你讓赫德福舅舅和僕人們帶你離開吧，等我身體好一些再來看我。」

湯姆被人從國王身邊帶走，他心裡無比的沉重，本來以爲見到國王就有恢復自由的希望，但國王的旨意讓他的希望破滅。他走在走廊上又聽見有人喊道：「王子，王子來了！」

湯姆看著走廊兩邊衣著華麗的大臣彎著腰向他鞠躬，心裡越來越沉重，他覺得自己會被囚禁在這裡，被迫做一個孤苦伶仃的王子。他多麼希望老天能夠開恩，讓他恢復自由。不管走到什麼地方，湯姆總會想到諾阜克大公爵被砍頭，還似乎能看見他那張嚴肅的面孔正帶著責備的眼神看著他。

以前他的夢都是美好而快樂的，而現在卻是多麼可怕啊！

06 湯姆習禮

大臣們把湯姆帶到一個豪華的大房間，讓他坐在椅子上。他看著旁邊的大臣們畢恭畢敬地站著心裡很不舒服，於是也請求他們坐下，但他們只是鞠躬和表示感謝，誰也沒有坐下來。他本想再次請求他們坐下來，但「舅舅」赫德福伯爵卻悄悄地對他說：

「殿下，請您不要叫他們坐下，他們在您面前坐下是不合禮儀的。」

隨後，聖約翰伯爵來到這裡，他先向湯姆鞠躬，然後說：

「王子殿下，我奉陛下的旨意來到這裡，我說的這件事需要保守機密，可否請殿下吩咐大家先行迴避，只留下赫德福伯爵一人？」

赫德福伯爵看到湯姆不知所措地四處張望，於是就悄悄給他做了一個手勢。湯姆見狀，領會了他的意思，便叫大家都退下。

待大家都離開之後，聖約翰說：

「國王陛下有旨，王子生病的事情關係到國家安危，所以王子殿下盡可能隱瞞自己生病的消息，慢慢調養身體，使疾病得到痊癒。殿下不能向任何人否認自己是王子，應該繼承大英帝國的王位；必須保持王子應有的儀態，對於正確的禮儀不能以語言或是動作表示拒絕。因爲王子最近神智不清，經常說自己出生於貧寒家庭，今後請一定注意，不能再說出類似的言語。王子對於以前熟悉的人，都應該盡力地回想，要是記不起來，也應該保持沉默，不要表現出驚訝的表情，或表現出遺忘的舉動。凡是國家大事，有不瞭解的地方，不能表現出不知所措的行爲，應該採納赫德福或其他大臣的意見。我們隨時都會爲殿下排憂解難，直至取消聖諭。陛下的旨意就是這樣，臣恭祝殿下身體安康，願上帝保佑您。」

聖約翰伯爵說完，就畢恭畢敬地退到一邊。湯姆也只有無奈地回答：

「陛下既然下了這道聖旨，那我們就要一定要遵守，就算有困難也應該盡力去完成。」

赫德福伯爵說：

「陛下下令，王子殿下暫時不用讀書，也不用多做動腦之事，只要盡情玩耍就行了，以免到了赴宴的時候太過疲勞，打不起精神。」

湯姆聽他說到「赴宴」，簡直不明白他在說什麼，臉上便露出了驚訝的神情。但他立刻又發現赫德福伯爵用憂鬱的目光注視著他，便不由自主地臉紅了。

聖約翰伯爵說：

「殿下的記憶力還未恢復，所以對赫德福伯爵的話會感到驚訝。但這只是一件小事，不用太過擔心，這點小毛病不久就會痊癒的。赫德福伯爵所說的赴宴是兩個月前，陛下讓您參加市長的大宴會。現在您有印象了嗎？」

「我很抱歉，我很努力地想，但還是記不起來。」湯姆紅著臉對他們說。

這時候僕人進來通報，說伊莉莎白公主和潔恩・格雷公主來了。兩位爵士對望了一眼，會意地點點頭，赫德福伯爵就快步走向門口，對剛要進門的兩位漂亮公主說：

「兩位公主，王子殿下現在的脾氣很怪，但請你們裝作什麼也沒看到，他的記憶力太差了，一件很小的事情他都可能會想半天呢。要是你們看到那種情況一定也會難受的。」

在他跟公主說話的同時，在屋裡聖約翰伯爵也在對湯姆說：

「殿下，請千萬要記住陛下的聖諭，不要辜負他的期望。您一定要盡力記起以往的事情，就算眞的不記得，也要裝出一副記得的樣子。您千萬不要讓她們看出您和過去有什麼不一樣，要知道她們是多麼關心您，知道您生病了一定會很傷心的。殿下，您是否允許我和您的舅父留在您身邊呢？」

湯姆氣派地做了個手勢表示同意，現在他已經在學著怎麼應付遇到的這些事情。

雖然湯姆盡量小心地應付各種事情，但是這幾個年輕人的談話還是顯得有些尷尬。有好幾次，湯姆都幾乎快要穿幫，他想自己無法勝任這個角色的任務。幸而聰明的伊莉莎白公主總是以她的機智爲他解圍，有時兩位伯爵會故意裝出隨意的語氣插進一兩句話，爲他解開尷尬的局面。就像有一次，潔恩公主問了一個讓湯姆無法回答的問題：

「殿下，您今天去給皇后請安了嗎？」

湯姆這下被問住了，露出爲難的神色。他正想隨口胡謅時，聖約翰伯爵連忙說：

「公主，殿下去請過安了，在說到國王陛下的病情時，皇后還說了一些讓殿下放心的話。是嗎，殿下？」

湯姆說了一句話，但誰也沒聽清楚，大概就是同意聖約翰伯爵的話。又過了一會，兩位公主聽到伯爵提起王子可能會暫時停止讀書，她們驚訝極了，說：

「眞的嗎？這眞是太可惜了！您現在進步得比誰都快，但暫時停止也沒什麼，您也不會落後太多課程。殿下聖明，您終究會成爲像陛下那樣的明君，也會像他一樣精通許多種語言。」

「我的父親？」湯姆想都沒想就脫口而出，「他可能連本國話都弄不明白，只有豬圈裡的豬才知道他的意思。他根本不懂得什麼學問……」

他抬頭看了一眼，聖約翰正以一種莊嚴而帶有警告的眼神看著他。

他馬上停止說話，臉一下子全都紅了，然後悶悶不樂地小聲說道：「看來我的病又犯了，我又有點神智不清。我也不想對國王陛下不敬。」

「我們都明白，王子殿下，」伊莉莎白公主輕輕地拿過湯姆的手，握在掌心裡，溫柔地說，「你不用著急，這一切的過錯都不在你，全因爲那個怪病在作祟。」

「親愛的公主，你的脾氣眞好，太善解人意了，」湯姆用感激的眼神看著她說，「我眞的非常感動，並且還要向你表示感謝。」

還有一次，高傲的潔恩公主突然用簡單的希臘語向湯姆提了一個問題。伊莉莎白公主馬上看出湯姆茫然不知的神情，知道他回答不了，便立刻以希臘語回答了潔恩公主，接著馬上把話題轉到其他地方。

時間過得很快，談話總的來說還算順利。湯姆看到大家並不計較他所犯的錯誤，都用心地幫助他，便越來越泰然自若。後來他聽說兩位公主也會出席市長的宴會，高興得跳了起來，因爲他再也不用害怕在宴會上沒有朋友了。而在一個小時前，他要是知道這兩位公主會和他一起去，那他的心裡還會感到發毛呢。

兩位伯爵卻不像湯姆那麼開心。這次的會面讓他們感到提心吊膽，他們的心就像波濤洶湧的大海裡飄蕩的一隻小船，隨時得提防意外的發生。當湯姆與公主的談話將要結束時，僕人進來通報吉爾福·杜德來伯爵求見，兩位大臣覺得自己已經沒有精力再應付更多的談話了，就建議湯姆最好不要接見他。湯姆也不想有太多麻煩，便高興地接受了這個建議。倒是潔恩公主聽說那個英俊的王子被擋在門外時，臉上露出了失望的神色。

這時候，大家都陷入了沉默，湯姆不明白為什麼大家都不說話，就朝赫德福伯爵看了一眼。伯爵做了一個手勢，但湯姆不懂那是什麼意思。這時，機靈的伊莉莎白公主馬上站出來爲他解圍。她先向他鞠躬，然後說：

「王子殿下，可不可以允許我們先告退？」

湯姆說：

「當然可以，兩位公主有什麼要求我都樂於答應，雖然兩位的離去會帶走我很多的快樂，但也別無他法，我也不能繼續挽留你們。祝你們晚安，願上帝保佑你們。」然後他在心裡暗笑道，「幸好以前我在書本上看到過王子和公主的談話，對這種文雅的語言交談還有些印象，要不還眞不知道該怎樣回答。」

送走了兩位漂亮的公主後，湯姆感到十分疲倦，於是對兩位大臣說：

「請問，可以帶我到一個安靜的地方休息一下嗎？」

赫德福伯爵說：

「回王子殿下，您有事儘管吩咐，臣等立刻照辦。殿下也應該先休息一下，您不久將會起駕進城了。」

他接著按了一下鈴，馬上進來一個僕人。赫德福命令他去把威廉・赫柏特爵士請到這裡。爵士來到這裡後，把湯姆帶到最裡面的房間。湯姆到了那裡馬上伸手去取水喝，可一個穿著綢子和天鵝絨衣服的僕人立刻把杯子拿過來，放到金托盤裡端到他面前。

接著，這個假冒的王子坐下來，想脫掉短統靴，但他不知道這是不是合禮儀的事，就望了望屋子裡的人，想徵求他們的意見。但另一個穿著綢子和天鵝絨衣服的僕人又走了過來，幫他把鞋子脫掉。接著，他又試著自己把衣服脫掉、自己洗臉等等，但每次都有人搶先爲他做好。後來，他乾脆不再做任何事情，無可奈何地說：「天啊，難道我就不可以自己做一件事嗎？」最後，一直等到僕人爲他穿上睡鞋，披上一件絲質的長袍後，他才得以躺下休息。但他始終無法入睡，心裡想著事情爲什麼會發展成現在這種局面，但是他怎麼也理不出個頭緒來。他還想把這裡的人都打發出去，因爲太多的人讓他無法思考，不過他不知道應該如何打發他們。

湯姆休息之後，赫福德和聖約翰兩位伯爵單獨在一起。他們一直都保持沉默，不停地在屋子裡走來走去，還一個勁地搖頭。最後，聖約翰伯爵打破了沉默，說道：

「說實話，你怎麼看這件事？」

「說實話，眼看國王的病越來越嚴重，而我的外甥又患了瘋病，瘋子將要即位。這一切都是英國的命啊，我們只有請老天保佑英國吧！」

「的確如此。可是……難道你就沒有一點懷疑嗎？關於……關於……」

聖約翰說到這裡有一些遲疑，他不知道該不該繼續往下說。赫德福伯爵用信賴的眼神看著他說：

「繼續說吧，就算說錯了也沒別人聽見，您懷疑什麼呢？」

「我也不願意說出這樣的話，特別您還是他的舅舅。但爲了英國，我不得不說，我覺得他這次瘋癲太離奇了。他的舉止風度和以前無異，但從各種小事上看與以前可有太大的區別。他病得連自己最親的父親都不認識，身邊的人對他應有的禮儀也忘得一乾二淨。他記得學過的拉丁文，但對希臘文和法文卻沒有印象，您說這不是很奇怪嗎？您不要生氣，我只是想讓您爲我解釋一下，那樣我會安心一點。他自己也說他不是王子，這句話一直在我腦子裡不停地晃，所以……」

「夠了，不要再說了，您說的這些話可都是叛國的罪名，您忘了陛下的聖諭了嗎？我要是再聽你說下去，我也會跟著你一起受罰的。」

聖約翰還沒等伯爵說完，臉色早就變得像白紙一樣，連忙說：

「請原諒我所犯的錯誤。請幫幫忙，不要告發我，以後我不會再想這件事，也不會再提到這件事。請您開恩啊，要不我就死定了。」

「我不會告發你的，只要您不再犯這種錯誤，無論在什麼地方，都不要再談到這些話。不過請您放心，他是我姐姐的兒子，從他在搖籃裡的時候我就看著他，他的聲音、面貌、身材，哪一點不是我所熟悉的？他現在那些奇怪的表現，都是因爲瘋癲引起的。您難道忘了，馬雷老男爵發瘋的時候，他連自己的樣子都記不得了，非要說鏡子裡的面孔是別人的？他還說他是馬利亞・蒙大拿的兒子，甚至說他的頭是用西班牙的玻璃做成的，還不准任何人碰他，怕有人不小心把他的頭給碰破了。多疑的伯爵，現在你大可不必懷疑，我很清楚，這就是王子，而且不久將會成爲國王。你牢牢地記住這個吧，這會比記住剛才的事情要強得多。」

他們又說了一會兒話，爲了掩飾剛才犯下的錯誤，聖約翰再三表示，他現在有充分的理由相信這是眞正的王子，再也不會胡思亂想。之後，赫德福伯爵就叫他先去休息，自己則在這裡擔當保護的責任。不久，他也開始想聖約翰伯爵所說的話，越想心裡就越煩，便不停地在屋裡轉來轉去，自言自語道：

「別再想了，他只能是王子。難道在英國還有兩個血統和出身都不一樣，但長得卻出奇相像的人嗎？而且會在一個意外的時候，其中一個代替了另一個。誰會相信有這樣的奇事？不會的，這種想法太離奇，太不可思議了。」

然後他又說道：

「就算他是騙子，自稱爲王子，那還是可能的事情。但哪有騙子會在國王叫他王子，大臣叫他王子，全國的人都叫他王子時，他卻要否認這一切，極力想擺脫王子的身分呢？所以，不管怎麼說，這種事情都不會發生。唯一的解釋就是王子犯了瘋病。」

07 湯姆的初次御膳

下午一點鐘過後，湯姆就開始準備進餐。他好像受罪一樣接受人家爲他穿衣打扮。打扮完之後，他站到鏡子前面，衣服從頭到腳已經和上次完全不同，但還是同樣的講究。接著，他被帶進一個高大而華麗的房間裡，那裡擺了一大桌爲他一個人準備的飯菜。屋裡的陳設大多由大塊的黃金做成，上面雕刻了許多圖案，這些圖案都是著名雕刻家汶努圖的作品，全都是無價之寶。服侍他用餐的僕人就占據了半個房間，一個牧師站在桌子前面致餐前禱詞。湯姆禁不住美食的誘惑，正想開始吃飯時，柏克萊伯爵卻把他攔住了，在他的脖子圍上一條潔白的餐巾。柏克萊伯爵是專爲王子管理餐巾的人，而這個職責也是由這個貴族家庭世襲。

在場的還有王子的司酒，當湯姆想喝酒的時候，這位司酒就會搶先爲他斟上酒。還有王子的試食官，他奉命嘗試所有可疑的飯菜，而這也是最具危險性的一個職業，他隨時可能被毒死。但這次他在這裡沒有太大的用處，因爲湯姆並不叫他嘗試任何食物。宮中第一侍從官達賽公爵也在這裡，但誰也不知道他站在這裡有什麼用處，也沒有人去關心這個問題。總膳司站在湯姆背後，他在皇家事務大臣和御廚總管的指揮下，管理著王子進餐的禮儀。除此之外，王子還有三百八十四個僕人，他們都在別的地方做事。也就是說，現在在這裡的僕人，還不到他僕人總數的四分之一，而湯姆到現在還不知道，他竟然擁有如此之多的僕人。

今天到場的所有人，在一個小時前已經受到嚴厲的訓斥。他們牢牢地記住，王子現在腦子有些不清楚，要是他在吃飯的時候有什麼不可思議的舉動，他們一點也不能表示出驚訝。所謂「不可思議的舉動」，在湯姆用餐的時候確實表現出來了。大家都爲王子的病而憂慮，可是誰也沒有笑。王子得了這種怪病，他們心裡也難受極了。

湯姆吃飯的時候全是用手指，可是大家都沒有笑，只是裝作沒有看到的樣子。他對自己的餐巾很好奇，這是一種用上好材料做成的潔白餐巾，湯姆根本不知道它的用處，說：

「把這個拿到一邊去，我吃飯的時候會不小心弄髒的。」

柏克萊伯爵沒有說什麼，向他鞠躬之後把餐巾取了下來。

湯姆看到桌上的蘿蔔和萵筍，他不知道那是什麼東西。仔細觀察一陣之後，他問道：「這個可以吃嗎？」這兩種食物都是從荷蘭進口的，英國才剛開始種植，曾經是王子的最愛。不過，當大家聽到他這麼問的時候，誰也沒有表現出驚訝，只是恭敬地回答了他。吃過飯後點心之後，湯姆在口袋裡塞滿了栗子，大家也都裝作沒看見，當然更沒有人表示吃驚。倒是湯姆過後馬上露出不安的神情，覺得這一定是件不合王子身分的事，因爲這一次吃飯，只有這一件事是他自己動手幹的。由於緊張，他鼻子上的肌肉開始跳動，而且越來越癢，還皺了起來。他無奈地看著身邊的大臣，又看看那邊的僕人，眼淚在眼眶裡轉來轉去。大臣們看到王子這個樣子也感到不知所措，便快步走到王子跟前問他有什麼吩咐。

湯姆說：

「你們不要笑我，我的鼻子確實癢得厲害。遇到這種事情王子應該怎麼做？快點告訴我，我支持不了多久。」

誰也不覺得好笑，大家都不知道怎麼辦才能爲王子解決這個眼前的煩惱。這可眞叫人爲難，英國歷史上沒有記載遇到這種事情的時候該怎麼做，掌禮官也不在這裡，誰也不敢胡亂做主來解決這件事情。他們現在正在想，怎麼就沒有一個世襲的抓癢官呢？當他們正在苦思冥想時，湯姆的眼淚已經流了出來，他的鼻子更加難受，他多想現在有誰能立刻解決這件事情啊。最後，湯姆管不了什麼禮儀和身分，自己在鼻子上抓了起來，心裡一直祈禱著，願上帝原諒他做得不對的地方。抓癢之後，他覺得好多了，大臣們看到他解除了煩惱也長長地舒了口氣。

這頓飯吃完之後，一位大臣端著一個大而淺的盆子走了進來，盆子裡盛著散發出花香的玫瑰水，這是給他漱口和洗手指用的。掌管手巾的大臣也站在一邊，手裡的餐巾是他洗完手之後用來擦手用的。湯姆奇怪地看了盆子一會兒，把它端到嘴邊，認眞地品嘗了一下，然後把盆子還給大臣，說：

「嗯，先生，我不太喜歡喝這個，這種酒雖然很香，但是喝起來沒有酒味。」

誰也沒有爲這種不合常理的事而發笑，大家看到王子被他的瘋病折磨得精神恍惚，都感到無比心痛。湯姆在飯後還犯了一個錯誤。當牧師剛站到他身後，舉起雙手，閉上雙眼，然後抬起頭正要爲他祝福的時候，他卻在這個時候離開了。大家還是裝作什麼也沒看見，所以湯姆還不知道他做出了不該有的舉動。

隨後，湯姆要求把他送到自己的私室裡，大家把他一個人留在那裡，讓他無拘無束地玩耍。在私室的橡木壁上，他看見一副明晃晃的銅製盔甲，一件一件分開掛著，上面的圖案也都是由黃金鑲嵌而成。這是王后巴爾夫人不久前送給王子的生日禮物。湯姆開始把脛甲、護臂和插著漂亮羽毛的盔戴起來，所有可以自己穿的他都穿上了。當他想叫人幫忙，把其他東西也穿上時，忽然想起剛才塞進口袋的栗子。他想，現在多自由啊，沒有一大堆人盯著，做任何事都不會有誰來幫忙。於是他就把穿上的東西都脫下來，拿出栗子，找東西砸起栗子來。自從來到這裡，他一直都認爲是老天懲罰他做錯事情才讓他當王子，只有現在他覺得最開心。栗子很快就吃完了，他又到處翻看著，看看有沒有什麼東西可以打發時間。在一個櫥櫃裡，他找到了一本關於皇宮禮儀的書。湯姆對這個很有興趣，於是就在一張豪華的長椅上躺了下來，開始研究這些繁雜的禮節。

08 玉璽的問題

亨利八世的午覺一直睡到下午五點左右，當他大汗淋漓地醒過來後，一邊擦著汗一邊說：「噩夢嘛，眞是噩夢啊！看來我沒有多少日子可活了，我的脈搏太弱了，從這些預兆中也可以看出我的末日就要到了。」接著，他又露出兇狠的目光，喃喃地說：「就算要死，我也會讓『他』在我前面，然後我再跟著去。」

一個僕人看見他醒了，馬上告訴他：「大法官在外面等候多時了，陛下是否要面見。」

「讓他進來，我正好有事要找他。」

大法官走進來，跪在國王面前說：

「命令已經傳達下去了，現在上院的貴族們都穿好了禮服，遵照國王的旨意在特別法庭裡，諾阜克公爵已經被判了死刑，我特來請示下一步我們應該怎麼辦？」

國王聽到這裡高興極了，兇狠而喜悅的眼神在他的臉上呈現，他說：

「把我扶起來，我要親臨國會，親自把玉璽蓋在執行令上，完成我一生最……」

他因一時氣短而發不出一點聲音，原本紅暈的臉被一片慘澹的灰白所代替。僕人們連忙把他扶到枕頭上靠著，拿出一些強心劑讓他服下。隨後，他又露出了悲傷的神色，說：

「唉！我一直渴望著這個日子的來臨，看吧，來得眞是太晚了，我已經不能親自蓋上玉璽了。我既然沒辦法完成這件事情，你們就得趕快爲我完成。你們先選出一個負責人，我要把玉璽交給他，爲我辦好這件事。你，趕快去辦，我要在今天之內看到他的人頭。」

「臣遵旨，一定照辦。現在陛下可否把玉璽交給我，以便我可以儘快地辦理這件事？」

「玉璽？玉璽不是一直都在你那兒保存的嗎？」

「回陛下，兩天前，您在兩天前拿回了玉璽，您說要等您親自為諾阜克公爵蓋上死刑的執行令後，才把玉璽用來完成其他的事情。」

「哦，想起來了，是有這麼回事，但我把它放在什麼地方了呢？……我想不起來……瞧我這記性，真是太沒用了……放哪裡了呢？」

國王有一些模糊了，自言自語地說著，還不時搖著他漲痛的頭，努力回憶著他到底把玉璽放到哪裡去了。最後，赫德福伯爵想了一下，不得不冒險地跪在國王面前，說：

「陛下，恕我大膽，我們有幾個人記得您把玉璽交給王子殿下，準備……」

「對，我想起來了，」國王打斷了他的說話。「快去，去王子殿下那裡拿過來，我沒太多的時間。」

赫德福伯爵馬上到湯姆那裡去取玉璽，但沒多久，卻空手而回，焦急地對國王說：

「國王陛下，很抱歉我將會給您帶來一個沉重的壞消息，我想王子的病還沒有痊癒，這可能是天意，他想不起自己曾經接到過玉璽。現在我們該怎麼辦呢？要是派人在王子殿下可能收藏玉璽的地方進行搜尋，將會花去太多的時間，而且……」

赫德福伯爵說到這裡時，國王發出痛苦的呻吟，伯爵不得不停止說話。過了一陣，國王才以憂愁的語調說：

「別去打攪他，讓我可憐的孩子好好休息。上帝用如此嚴厲的方法處罰他，我巴不得可以用我這年老的肩膀爲他承擔所有的痛苦，讓他可以得到寧靜的生活。」

他閉上眼睛默默地祈禱，然後就陷入沉思中。過了一會兒，當他睜開眼睛朝四周張望的時候，看見正在面前跪著的大法官，立刻怒氣沖天地對他吼道：

「你怎麼還在這裡！我發誓，要是你現在不把那個叛徒的事情處理好，你的帽子就別想再戴在頭上，我會讓你的腦袋搬家。快去！」

大法官嚇得全身發抖，回答道：

「陛下開恩！我在此乃是等待玉璽。」

「哼！你沒腦子嗎？我以前不是有顆隨身攜帶的小玉璽嗎？大玉璽找不到，小玉璽就不能用嗎？快到我的寶庫裡拿去。聽好了，要是不帶著他的人頭，你這輩子就別想再進宮。」

被一陣臭罵的大法官趕緊離開這裡，而被任命處理這件事的大臣也連忙拿著聖旨到國會，準備第二天就將英國的頭等貴族、可憐的諾阜克公爵處以死刑。

09 河上的盛況

晚上九點鐘的時候，皇宮前面的河濱馬路上，到處呈現出一片燈火輝煌的景象。靠近城內的河邊，到處擠滿了漂亮的遊船，船邊都掛著五顏六色的燈籠，河水輕輕蕩漾著船隻，船上的燈籠也跟著一起搖晃，像微風拂過一望無際的花園。在河邊有一個寬大的石階，這個石階足足可以容納一個日耳曼公國的軍隊在上面列隊，而現在，這上面正站著一排排穿著耀眼盔甲的皇家戟兵。還有一些衣著鮮豔的奴僕在上下跑動，他們正在準備一件大事。

接著，一位官員傳達下一個命令，石階上的人在一剎那全部消失，只剩下焦急的等待。一眼望去，船上的人都站了起來，把手搭在眼睛上遮住燈籠和火炬的亮光，目不轉睛地望向皇宮。

只見四、五十隻豪華御艇排成長長的一行，向石階靠近。這些豪華的御艇都漆成代表富貴的金色，船頭和船尾高高翹起，都雕刻了精緻的花紋。有的船上用飄揚的旗幟作爲裝飾，有的則裝飾著金絲錦和繡著紋章的花帷，有的在飄揚的綢子旗幟上掛上一個個小銀鈴，當風輕輕地吹過來時，銀鈴就會發出一陣悅耳的聲音。在王子身邊侍奉的貴族乘坐更華麗的船隻，兩旁都有堅固的盾牌包圍著，盾牌上還雕刻著複雜的花紋。在這些船上，除了划船的水手之外，還有一隊穿著明晃晃盔甲的士兵和一隊樂師。

人們所期盼的遊行隊伍終於在大門口出現，首先出現的是一隊戟兵。他們上身穿著暗紅和藍色布料製成的緊身衣服，在衣服前後，都有三根用金線編織而成的羽毛，這代表著王子的紋章，下身穿著黑色和茶色相間的條紋褲子。戟柄裹著紅色的天鵝絨，再以鍍金的釘子加以固定，用金色的穗子作爲裝飾。他們分左右兩排單行前進，隊伍一直延伸到皇宮的大門外。隨後是王子的僕人，他們穿著金色和紅色相間的衣服，把一幅帶條紋的地毯鋪在兩隊戟兵之間。

地毯剛剛鋪好，一陣悠揚的音樂就從皇宮裡傳出來，河面上的樂師也奏起了美妙的前奏曲。兩個拿著白色指揮棒的前導官，踏著緩慢而莊嚴的步子前進。在前導官後面是一個手執權標的官員；他身後又是一個捧著寶劍的官員；再後面是全副武裝的軍士，他們身上都掛著勳章；之後是身著華服的嘉德紋章局長；再來是幾個袖子上纏著白絲帶的巴斯級騎士；然後是穿著深紅色禮服的法官──他的禮服前面敞開，在邊上還鑲著白色的毛皮；然後是首都市參議會的代表；他們身後則是身著禮服的各市代表人物。隨後而來的是十二個法國貴族的侍從，他們身著禮服，禮服包括白色絲綢上配著金絲的緊身衣，豔紅色的天鵝絨短斗篷裡襯著藍紫色的絲綢，還穿著淡紅色的燈籠褲；他們正從青石階上往下走。在他們後面，是十二個西班牙隨從騎士，他們身上的天鵝絨禮服看不到任何裝飾的東西。跟在他們身後的是英國幾位大貴族和他們的隨從。

一陣號角聲從宮殿裡傳出，王子的舅父，也是未來的攝政王赫德福伯爵從宮門走出，他穿著一件鑲著金邊的黑色緊身衣，外披一件繡著金花的深紅色綢緞長袍，長袍上還用銀色的網紋鑲邊。只見他轉過身，摘下插著羽毛的帽子，恭敬地彎下腰，一步一步地向後退，每退一步都會行一個鞠躬禮。隨著一陣很長的號角聲，伴著一聲高呼：「快點迴避，王儲愛德華王子殿下駕到！」宮牆高處，一排火苗隨著一聲響亮的炮聲向前跳動，河面上等待以久的人群發出了歡迎的歡呼聲，而這個熱鬧的場面正是爲了迎接王子湯姆．康第，他現在正向群眾微微地點頭示意。

他穿著一件華麗的白色緊身衣，胸前的紫色金絲綢緞上嵌著耀眼的寶石，鑲著貂皮。外面披著一件白底的金線綢緞斗篷，斗篷上裝飾著三根羽毛，斗篷的裡子是藍色的緞子，在斗篷上也嵌著珍珠和寶石，前面用一個鑽石別針扣著。他頸上掛著嘉德勳章和幾個外國的王子勳章。火光照在他的身上，他身上所有的寶石都在火光照耀下發出耀眼的光芒。湯姆．康第，一個在貧民窟裡出生長大的窮孩子，這個註定一輩子破爛、骯髒和苦難的孩子，此時卻爲全天下人所矚目。

10 落難的王子

上次我們說到王子被約翰・康第拖往垃圾大院去，身後還跟著一大群看熱鬧的閒人。王子拚命地掙扎想要脫身，他認爲自己受到了莫大的恥辱，並爲此大發雷霆。約翰・康第實在忍受不了王子的脾氣，從地上撿起一根棍子，準備好好教訓教訓他。這時，從人群中鑽出一個人來，拉住木棍爲這個可憐的孩子求情，但約翰・康第還是毫不留情地打了一下。那人用力一擋，這一棍就打在那個人的手腕上。康第見狀大聲吼道：

「你敢來管我家的事？那我就讓你嘗嘗多管閒事的滋味。」

話音剛落，他就對著那個人的頭狠狠地敲下去。一聲慘叫之後，這個人就倒在人群之中。而這群人繼續向前走著，完全不關心這個人倒下以後的情況。

接著，王子被拖到約翰・康第的家裡，約翰把跟來看熱鬧的人都關在門外。屋內的一個瓶子裡有一枝發出微弱光線的蠟燭，王子借著蠟燭的光線，看清了屋子裡的大概情況，以及每個人的樣子。兩個骯髒的女孩和一個中年婦女靠在角落裡，哆嗦著身體，像幾隻受慣了虐待的牲口一樣，現在正等待著拳腳相加。在另一個角落裡，還有一個灰白頭髮的老太婆，她的目光兇狠，無聲無息地走過來。約翰・康第對她說：

「等一下！您先在一邊看著，別打攪我，我會讓您看上一場好戲，完了過後您想怎麼打就怎麼打。快過來，小東西，把你剛才所的那些瘋話再說一遍，我想你沒這麼快就忘記吧。先說說你的名字吧，你叫什麼名字？」

王子被約翰無禮的語言激怒，臉漲得通紅，憤怒地看著他說：

「你這個無禮的傢伙，居然敢用這種語氣和我說話。我再說一遍，我是王子愛德華，這次你給我記住了。」

這個回答讓站在一旁的老太婆吃驚了半天，腳上像粘了膠水一樣不能動彈，腦子裡一片混亂。她望著王子發愣，約翰發出一陣響亮的笑聲，而且他知道，接下來將會有更好笑的事情發生。而湯姆・康第的母親和他的兩個姐姐聽到王子的話之後，臉上馬上露出痛苦的神色，她們害怕湯姆再被毒打，馬上跑上前去叫道：

「天啊，可憐的湯姆，可憐的孩子！」

母親在王子面前跪了下來，雙手按在他的雙肩上，愛憐的眼睛裡充滿了淚光，她撫摸著他的臉，說：

「我可憐的孩子啊！你為什麼要看那些沒用的書呢？現在弄得自己發瘋了。我早就叫你不要看，你就是不聽，你簡直傷透了母親的心。」

王子看著眼前傷心的婦人，溫和地說：

「太太，你的心腸眞是太好了！你放心，你的兒子並沒有發瘋，他現在正待在皇宮裡，只要你讓我回到宮裡去，我父王馬上就會把他送還給你。」

「你怎麼說你的父親是國王呢？我可憐的孩子，別再胡說八道了，你說的這種話足以讓你被判絞刑，而你的親人也會跟著倒楣。從噩夢中醒來吧，想想從前的事，你會想起你自己是誰的，難道你不認識生你、愛你的母親了嗎？」

王子歎了口氣，極不情願地說：

「太太，天知道我不想讓你傷心，但我眞是不認識你呢。」

湯姆的母親聽見這話之後傷心極了，無力地坐到地上，她用雙手蒙臉，傷心地哭了起來。

「這齣戲眞是太有趣了！」約翰叫道。「怎麼回事？南恩！白特！你們怎麼一點禮貌也沒有，見到王子還這樣站著，快跪下，說不定王子一高興就會賞你們幾幢房子呢。」

他說完又大聲地笑了一陣，兩個女孩十分害怕她們的父親，但她們還是大著膽子爲她們的弟弟求饒。

南恩說：

「爸爸，您原諒湯姆吧，他一定是腦子不清醒，您讓他睡一覺，明天早上病就會好，求求您了。」

「讓他睡吧，爸爸，」白特接著說，「他今天一定是太累了，明天早上他一定會清醒，然後去外邊努力地討更多的錢回來。」

「明天就要交這破房子的房租了，兩個便士呢，記住，兩個便士，這可是半年的房租，要是交不出來的話，就等著以後露宿街頭吧。你這個倒楣鬼，把今天討到的錢都拿出來給我！」

王子瞟了他一眼，說：

「別再說這種低賤的事，我很生氣。我再說最後一遍，我是王子愛德華。」

約翰伸出他粗糙的手掌，在王子的肩膀上狠狠地打了一巴掌，王子一下跌倒在湯姆母親的懷裡，她用力地把他護在胸前，用身子為他承受約翰暴雨般的拳腳。

那兩個女孩嚇得渾身哆嗦，躲回了剛才的小角落裡。她們的祖母卻在這個時候走上前去，和約翰一起使勁掄起拳頭毆打王子。王子從湯姆母親的懷裡掙扎著出來，大聲叫道：

「太太，謝謝你的好心，可是不用你替我挨拳頭，讓這兩個惡棍打我一個人吧。」

這句話讓約翰和祖母怒氣衝天，拳頭更加密集地落在王子身上。然後，因為南恩、白特和她們的母親曾對王子表示同情，這兩個惡棍又把她們拉到屋子中間，狠狠地揍她們。

「好了，」約翰說，「打了那麼久都把我累壞了，你們去睡覺吧。」

接著，他吹滅蠟燭，全家人都睡覺了。當約翰和祖母兩個人發出鼾聲的時候，兩個女孩爬到王子身邊去，把乾草和毯子蓋在他身上，以免他著涼。她的母親也爬了過來，慈愛地撫摸著他的頭髮，看著他滿身的傷痕，不由自主地哭了起來。然後，她湊到他的耳邊說了幾句安慰和愛憐的話，並給他留下一點吃的東西。

王子痛得很厲害，根本沒有食欲，再說這些無味的黑麵包皮一點也不合他的胃口。他覺得湯姆的母親實在太勇敢了，爲了不讓他挨打而拼命地保護他，便以王子的口氣向她的善良表示感謝，讓她去睡覺，把不愉快的事情都忘掉，還說他父王會爲她的忠心和熱忱而嘉獎她。他這些話讓母親更爲傷心，她把已經「瘋癲」的兒子使勁地摟在懷裡好一陣子，才流著眼淚到一邊睡覺去了。

她躺在地上翻來覆去睡不著，暗自傷心。突然，她腦子裡閃出一個念頭，她覺得不管這個孩子是不是瘋了，但他和湯姆·康第不一樣，有一種湯姆所不具備的特點。她無法形容這個特點，也說不出到底有哪點不一樣，但她可以憑著做母親的直覺感受到這個區別。萬一這眞不是自己的兒子她該怎麼辦啊？正想著，她又覺得自己的想法太可笑了，不是自己的兒子又會是誰的呢？眞是胡思亂想。雖然她試著說服自己放棄這個想法，但這個念頭卻像在她腦子裡生根，時刻縈繞在她心裡。後來，她終於下定決心，非要找出一個測試的方法，那樣就可以證明這到底是不是自己的兒子，從而讓她那個可笑的想法消失。

可是，用什麼方法才能測試出正確的答案呢？她用心想了一個個的方法，但又一個個否決掉，始終找不到一個可靠的方法。當她正打消剛才的念頭準備睡覺時，耳朵裡傳來孩子熟睡時平穩的呼吸聲，突然，平穩的呼吸聲被一陣細弱的驚呼聲所代替，這是噩夢中的人才會發出的聲音。這個無意中的發現讓她立刻想到一個很好的辦法，她馬上點燃蠟燭，自言自語地說道：「要是我看見他剛才說夢話，我馬上就會把事情弄明白。自從小時候火藥在他面前爆炸後，他每次從噩夢中醒來還是發呆的時候突然驚醒，都會伸手擋在面前。但這個姿勢和別人是不一樣的，人家都是把手心向裡，而他卻把手心翻轉向外面。這種姿勢我看過無數次了，沒有哪一次他不做這個動作。不會錯的，我馬上就會知道答案了。」

這時候她已經用手遮住燭光，悄悄地來到孩子的身邊。她小心地彎下腰去，對於即將揭曉的答案，她顯得異常興奮。她屏住呼吸，把燭光照到孩子的臉上，然後在他耳邊輕輕地敲著地板。孩子馬上被驚醒，睜得大大的眼睛驚恐地望著四周，又望了望湯姆的母親，可是手卻沒有做出任何動作。

母親好像也受到了驚嚇，她懊惱得不知道怎麼樣才好，但她還是盡量隱藏好自己的情緒，把孩子哄睡著後走到一邊，思考著她這次測試的結果。她想說服自己認爲湯姆沒有做出習慣的動作是因爲「瘋癲」的原因，但是她根本就說服不了自己。「不對，」她說，「他腦子不清醒，可是手並沒有不清醒，這個長久的習慣不可能在很短的時間之內忘掉。天啊！我到底應該怎麼辦呢！」

她現在還不相信這孩子不是眞正的湯姆，她願意相信剛才的測試只是一次偶然的失敗，她決定再試一次。過了一會兒，等孩子熟睡後，她又來到他的身邊，用同樣的方法把他吵醒，但結果和第一次一樣。她拖著疲憊的身子回到角落的草堆裡，沮喪地睡著了。臨睡時她自言自語道：「難道就這樣放棄他嗎？不行，我不能這樣做，他只能是我的孩子。」

王子因爲不再被這個可憐的母親打擾，睡眠的力量戰勝了身上的傷痛，疲勞地閉上眼睛，很快就睡著了。四、五個鐘頭的時間過去了，他從睡夢中慢慢地醒過來，在半睡半醒中他還叫道：

「威廉爵士！」

沒有人回答他，過了一會兒他又叫道：

「威廉·赫柏特爵士！你快過來，聽聽這個荒唐的夢，我從來也沒有……威廉爵士！聽見了嗎？我都以爲自己變成叫化子了，還有……哧，給我聽著，衛隊！威廉爵士！怎麼回事，宮中的侍從官去哪兒了？哎呀，沒有人收拾一下這裡……」

「你哪裡不舒服了？」他身邊有人輕輕地問他，「還有，你在叫誰呢？」

「我叫威廉爵士，你是誰？怎麼會在這裡？」

「我？我是你的姐姐南恩，不認識我了嗎？哦，湯姆，我都忘了你現在正發瘋呢——眞是可憐，怎麼會發瘋呢，我眞不願意相信這是眞的，可是我確實聽見你說瘋話了。從現在起不要再說這種話了，要不咱們都會被打死的。」

王子吃驚地坐起來，劇烈的疼痛讓他漸漸清醒過來，於是他一下子倒在骯髒的亂草堆裡，傷心地叫道：

「天啊，原來這不是一個夢！」

淸醒之後，悲傷和痛苦全都湧上心頭，他知道現在他已經不再是宮裡嬌生慣養的小王子，不再受到全國的擁戴，而只是一個穿得破破爛爛的小乞丐、流浪兒，住在一個亂得像狗窩一樣的房子裡，混在一群叫化子和小偷中。

當他正傷心地想著遇到的事情時，忽然聽到外面傳來嘈雜的叫聲，離這裡大約有一兩百公尺的距離。不一會兒，破爛的房門外有人敲門，被驚醒的約翰·康第對著外面大聲地吼道：

「什麼事啊？大清早的來敲門。」

有一個男人的聲音回答：

「你知道昨天晚上你用棍子打的是誰嗎？」

「我不知道，也不想知道，怎麼了？」

「你的想法可能得改變一下了，要是你打算活命的話最好快逃，那個人現在已經死了，他就是安德魯神父。」

「天啊！」約翰大叫一聲，把全家人都叫起來，急促地說，「快，都起來，我們趕緊逃，要是留在這裡就死定了。」

不到五分鐘，康第一家就已經匆忙地跑到街上，拼命地逃竄。約翰．康第握住王子的手腕，在黑暗的街道上向前跑，同時還不忘警告他：

「你這個瘋頭瘋腦的傢伙，不許再亂說話，也不許說出我們的姓名。看來我得取個新的名字，讓警察局的人抓不到我才行。」然後他又轉身警告王子，「不許亂說，聽見沒有？」

然後又對身邊其他的家人說：

「要是我們走散了，就到倫敦橋上去，要是走到橋上最後那家麻布店還不見人，就站在那兒等著，等大家都來齊之後就到南市去。」

這個時候，他們已經來到一個有路燈的地方，看見無數的人群在河邊唱歌、跳舞和吶喊。一眼望去，泰晤士河沿岸點滿了祝福的火焰，把倫敦橋和南市橋都照亮。橋上閃耀著五顏六色的彩色燈光，禮花在天空中散開，像下著彩色雨一樣，原本漆黑的夜空照得猶如白晝，狂歡的人群把倫敦城妝點得格外豔麗。

約翰·康第看到倫敦橋上的熱鬧場面，正準備叫家人後退時，他們一家人已經被人群所吞沒，很快就被沖散了。約翰還是緊緊地抓住王子的手腕，王子看到眼前的情形，有了逃跑的欲望。約翰拼命地想擠出去，於是使勁地推開前面的人群。當他粗魯地推開一個興致很高但已經喝醉酒的水手時，水手把一雙大手按在約翰肩膀上，說：

「喂！朋友，你走得這麼急要上哪兒去？倫敦的人都在熱烈地慶祝，你爲什麼不呢？難道你的腦子裡有什麼骯髒的念頭嗎？」

「我的事情用不著你管，我自己會處理的。」康第毫不客氣地說道，「把你的手拿開，我要過去。」

「你的脾氣太壞了，我就是不想讓你過去，你得喝一杯酒爲王子祝賀才行。」那個水手以龐大的身軀擋在約翰面前。

「那好吧，把杯子給我，快點！」

這時候旁邊的人也對這兩個人產生了興趣，於是大家都喊道：

「拿大杯子來，拿大杯子來，這個人脾氣太壞了，要是他不喝兩大杯酒，我們就把他推到河裡餵魚。」

有人拿來一個很大的杯子，那個水手把杯子盛滿酒，用正式的遞酒禮儀把杯子遞給約翰。約翰也只好按正式的禮儀，一隻手握住杯子，另一隻手托住杯底，他是想早點喝完好脫身。這樣一來，約翰就不能再捉住王子，王子趁著這個機會轉身就往人群裡鑽，一下子就無影無蹤了。約翰這時想抓住他就有如大海撈針。

王子馬上把發生的事情重新想了一下，不再理會約翰・康第，他決定先讓自己擺脫現在的窘況。他知道，現在正有另一個假的王子在宮裡冒充自己，而他很快就猜出這個人一定是小乞丐湯姆・康第。

王子現在只想到一個辦法，就是到市政廳去，當眾拆穿那個小叫化子的身分。他還決定，要給湯姆足夠的時間懺悔和祈禱，然後再按英國的慣例，把他處以絞刑，再挖出他肚子裡的東西，肢解他的屍體。

11 市政廳的盛會

御船在一隊豪華的遊艇中前進，在河邊慶祝的隊伍中穿過，順著泰晤士河往下走。空中飄蕩著悠揚的音樂，河邊到處點燃慶祝的火焰，遠處的祈禱火焰把天空映得通紅，像傍晚絢麗的夕陽，整個城市都籠罩在柔和的火光之中。在城市中，聳立著許多細長的尖塔，尖塔上都點綴著閃爍的燈籠，遠遠望去，像撒向天空中耀眼的寶石。當御船飛快地行駛過去時，兩岸的人就不停地歡呼，以禮炮向船上的人表示敬意。

湯姆・康第靠在以綢緞製成的椅子上，聽著旁邊的聲音，看著河邊的盛況，這在他眼裡是一種無法形容的奇蹟。而這一切在伊莉莎白和潔恩・格雷公主的眼裡，根本就算不了什麼，她們兩個正在他旁邊靜靜地坐著，沒有對盛大的場面感到驚奇。

當御船到達杜烏門以後，就被拖著進入了清澈的華爾河，一直拖到巴克勒斯伯里。沿途的房屋和橋樑上，都擠滿了觀看的人群。船最後在倫敦中心的一個小港停下，湯姆在侍從的攙扶下走下船，他和他那些威武的僕人們穿過契普賽街和老猶太街，來到了市政廳。

倫敦市市長和參議員都按照正式的禮節，前來迎接湯姆和兩位小公主。議員們戴著金鏈子和大紅禮袍。傳令官在前面引路，一路通報王子殿下駕到。侍衛拿著權標和寶劍走在最前面，王子和小公主的侍衛和宮女們都走在他們身後。

一行人來到一個富麗堂皇的大廳裡。宴會開始，大臣和有名的貴賓富豪坐在一起，眾多的下議員坐在一起。大廳的牆壁上雕刻著倫敦的守護神——巨人戈格與麥戈格，此刻這兩位高貴的神正注視著下面這一幕盛況，許多年來，祂們早就熟悉了這種盛大的場面。隨著一聲令下，一個體積龐大的膳司在左邊的大門出現，端著一盆冒著熱氣的牛腰肉，後面跟著他的徒弟們。

祈禱謝飯之後，湯姆就站了起來，大廳裡的人也跟著全都站起來。他和伊莉莎白公主分別從一隻金色的大杯裡喝了一口酒，然後把酒杯遞給潔恩公主，接著在場的所有人各喝了一口。御宴現在正式開始。

半夜裡，宴會的狂歡到了高潮，出現一個大家所驚歎的場面，一個史官記載了下來：

大廳裡空出一塊地方，然後進來一位男爵和伯爵，他們穿著土耳其的服裝和金色的長袍；頭上的豔紅色天鵝絨帽子上鑲著金邊，兩把名叫偃月的劍用金色的絲帶繫在腰上。跟著又進來一位男爵和一位伯爵，而他們的服飾又是俄國的樣式，在黃色的長袍上鑲著白色的絲綢橫條，每條白絲綢中還配上一條紅色的絲綢；頭上戴著灰色的皮帽，每個人手裡都拿著一柄斧頭；靴子尖上有一尺長向上翹起的尖頭。在他們後面進來的是一位騎士，再後面是海軍大臣和五個貴族。他們穿著深紅色的天鵝絨緊身衣，頸項前後都露在外面，胸前貼著銀色的絲帶；一件大紅絲綢短袍披在外面；頭上戴著舞蹈專用的帽子，上面插著野雞毛。這些人的打扮都是仿照普魯士的服裝，他們的臉上像摩爾人一樣塗成黑色。一個演默劇的人在他們後面進來，然後歌手們都開始跳舞，侍從和宮女們也都跟著狂舞，那種場面看了眞叫人激動。

湯姆高高地坐在座位上，看著下面那些衣著華麗的人影在眼前晃動，他從來都沒見過如此熱鬧的場面。而此時，眞正的王子正在市政廳的門口訴說他的不幸，希望有人能幫助他揭開眞相。人們對這場鬧劇很感興趣，他們不斷地辱罵和嘲笑他，王子憤怒的叫聲讓他們更爲開心。恥辱的眼淚從王子的眼眶中流下來，可是他沒有退縮，想以皇家的氣派壓下人群的氣勢，但這顯然沒有什麼作用。面對無止境的嘲笑，王子大聲地說：

「我再說一次，你們這些無禮的傢伙，我是王子，雖然現在沒有人承認我，也沒有人爲我說句公道話，更沒有人在我落難的時候搭救我，但我是不會被你們趕走的，我要堅持留在這裡。」

「不管你是不是王子，你都是一個有骨氣的孩子！現在也不是沒有朋友，我會站在你的身邊，證明你說的是實話。我叫邁爾斯・亨頓，現在我就是你的朋友，你不用再說什麼，我會替你教訓這些無禮的惡狗。」

說話的人不管從服裝、氣派、態度上，都可以看出是個落魄的貴族。他的身材高大，穿著上好質料做成的緊身衣和大腳短褲，但衣服現在都已經褪色，上面原本鑲嵌的金絲也變得晦暗，衣領也已經破了；帽子上折斷的翎毛顯出狼狽不堪的窮酸相，腰間的長劍插在一隻布滿鐵銹的劍鞘裡。

這個人的派頭容易讓人覺得他是個習慣吹牛的人。他的話音剛落就遭到眾人的嘲笑，有人叫道：「看，又一個王子出現了！」「說話小心點吧，朋友，這個人看起來挺厲害的！」「可不是嗎，看他的派頭確實如此，特別是他的眼睛。」「把那個小孩子從他那裡抓過來，再把這個小雜種丟到洗馬池去。」

這個提議很快就被眾人同意，有人伸手去抓王子，邁爾斯馬上過來，抽出那把長劍，對著人群就劈哩啪啦地打下來，多事的人很快就被打倒在地。這些人大聲地吼道：「打這個多管閒事的傢伙，打死他！打死他！」一群人很快向他圍過來，他把背對著牆壁，用力地揮舞著長劍，打倒不斷湧上的人群。人群像潮水一樣前仆後繼地向他撲過來，就在他快要支持不下去的時候，遠處傳來了號角的聲音，接著就有人叫道：「快讓開，陛下的傳令官來了！」一群衛隊很快衝了過來，人群很快被沖散，邁爾斯抱著王子，快速地遠離人群。

正在市政廳狂歡的人們聽到一陣響亮的號角後安靜了下來，沒有任何人再發出一點聲音。接著皇宮裡的傳令官開始唸一道諭旨，所有人都認眞地聽著，最後一句唸得特別嚴肅：

「國王陛下駕崩了！」

大廳的人都把頭垂到胸前，保持這個動作沉默了幾分鐘後，全部面向湯姆跪下，伸出雙手，發出一陣響亮的呼聲：

「國王陛下萬歲！」這陣呼聲幾乎把整個大廳都震動了。

湯姆看著眼前驚心動魄的場面，不知所措地到處張望，然後把目光停在身邊的兩位公主身上，再望了望旁邊的赫德福伯爵。突然，一個想法在他的腦海裡浮現，他臉上露出了愉快的笑容。他湊到赫德福伯爵的耳邊，小聲地問他：

「問你一件事情，你一定要給我講實話。要是現在我下一道只有國王才能下的命令，大家是不是都會服從，不會有人反對？」

「當然不會，陛下，沒有人會反對，您是英國的國王，您說的話就等於法律。」

湯姆聽了之後馬上提高了音調，高興地對大家說：

「我宣布，從今天開始，國王將下達仁慈的法律，再也不會有殘暴的法律存在！快起來，馬上派人到塔裡去，告訴他們，國王宣布免除諾阜克公爵的死刑。」

大家聽到這幾句話表現出異常的興奮，消息很快傳遍了整個大廳，又聽見一陣宏亮的歡呼聲：

「殘暴的統治結束了，大英帝國國王愛德華萬歲！」

12 王子和他的救星

邁爾斯．亨頓拉著小王子飛快地逃離兇殘的人群後，穿過一些骯髒的小巷，向河邊逃去。他們在路上沒有受到任何的阻攔，順利地來到倫敦橋，在人山人海裡穿行。邁爾斯緊緊地抓住小王子的手腕，不，應該是國王的手腕。小國王在人群中不斷聽到有這樣的消息傳出——國王陛下駕崩了！這個消息引起漂泊在外的孩子心裡一陣揪心的痛苦，他激動得渾身發抖。這對他是一個多麼大的傷害，那位在別人眼裡威嚴殘暴的君主，無論何時對他總是很溫和地說話。他的眼淚不由自主地湧到眼眶裡，眼前的路都變得很模糊，他覺得自己是世上最孤苦無依的人。

正在這時，另一個消息從他耳邊傳來：「愛德華六世國王陛下萬歲！」他一聽到這個消息，心裡便充滿了無限的驕傲，得意的表情立刻表現在臉上，心想：「我當上國王了，這是多麼讓人驕傲的事情啊！」

邁爾斯和小國王在倫敦橋的人群裡不停地穿梭，慢慢地向前走著。當時的倫敦橋已經有六百多年的歷史，主要的責任是用來連接倫敦和南市的交通運輸。橋上是一條熙熙攘攘的街道，兩邊整齊地排列著許多店鋪，店鋪上全是住宅。這座橋本來就可以算是一個小鎮，上面有旅館，有酒吧，有麵包房，有服飾店，有雜貨店，有加工房，甚至還有教堂。橋上的變化與生活在這裡的人們息息相關，這裡只有幾千公尺的街道，人口還不足一個普通的村落，橋上的人都互相認識，就連鄰居的瑣事都能知道得一清二楚。這裡也有貴族的分級，屠宰世家、麵包世家都是這裡的上流貴族世家。橋上的房屋少說也有五、六百年的歷史，住在這裡的人對這座橋的歷史知道得清清楚楚，在他們之間，流傳著一些關於倫敦橋的傳奇故事。他們的談話離不開橋上的事情，想的事情也和橋有關，就算是編造橋上的謊言也能以平穩的語調說出，決不會讓人看出一點破綻。在這個地方居住，大家都變得狹隘、無知而且自負。孩子們都是在橋上出生，橋上長大，然後在橋上生兒育女而至死去，一生除了倫敦橋外什麼地方也不曾去過。橋上隨時都有無數的人群穿行，經常有人大聲地喧鬧，還有人趕著馬、牛、羊等從橋上通過，傳來一陣陣叫聲和蹄響。住在橋上的人把這番景象當成天下獨有的奇觀，而他們擁有觀賞這種奇觀的專利權，每當有大事在橋上發生時，他們都可以從窗戶清楚地觀看。每當有國王或是英雄從橋上通過時，他們就可以享受這特有的觀看專利權，從窗戶清清楚楚地看到威武的隊伍，而不像別的人一樣，非得擠在橋上去看。

在倫敦橋上出生和長大的人，無論到任何地方，都無法忍受別處生活的寧靜。歷史上曾經有過這樣的記載：有個人在七十歲的時候離開了倫敦橋，到鄉間養老，但每天晚上他躺在床上輾轉反側，怎麼也睡不著覺，他覺得鄉間的寧靜太可怕、太沉悶了。當他被鄉間的寧靜折磨得面黃肌瘦時，終於下定決心離開那裡，回到倫敦橋上。回到橋上，聽著流水拍打河岸的聲音和橋上的人聲、車聲、蹄聲，他很快就進入了甜蜜的夢鄉。

在倫敦橋，人們還可以看到橋頭的拱門上釘著些尖尖的長鐵釘，經常有一些名人的頭顱掛在上面，但現在我們不談這個。

邁爾斯就住在橋上的一個小旅館裡，他剛帶著小國王走到旅館門口時，一個粗魯的聲音就傳了過來：

「好，你總算又到這裡來了！實話告訴你，這回要是你再想逃跑，我會把你的骨頭一根一根地拆下來，這樣也許你就會得到教訓，不會讓我們在這裡久等。」約翰．康第邊說，一邊伸出手想要抓住小國王。

邁爾斯．亨頓擋住他，說：

「朋友，先別忙動手啊。你怎麼可以這麼粗魯地說話，你和這孩子是什麼關係啊？」

「你這個愛管閒事的人，我告訴你，他是我兒子。」

「胡說！」小國王不能忍受被一個下賤的人稱爲兒子。

「說得好，你很勇敢，不管你腦子是不是有毛病，我都相信你。我不管這個像流氓樣的人是不是你父親，只要你願意和我在一起，我就不會讓他把你抓走，他是嚇唬不了我的。」

「我願意和你在一起，我十分願意，而且我也不認識他，他看起來眞是太討厭了，我就算死也不會跟他走。」

「那就這樣決定吧，不用再和他廢話了。」

「說得好，不過我倒要看看你有什麼本事。」約翰一邊說著一邊大步走到邁爾斯身邊，想要抓住小國王。「我非要……」

「你這個人面獸心的傢伙，你要是敢動他一根毫毛，我就用這把劍刺穿你的胸膛，就像刺穿一隻野雞一樣。」邁爾斯抽出長劍擋在前面。約翰嚇得趕緊把手縮了回去，邁爾斯接著說：「聽著，剛才有一群像你一樣的傢伙想要欺負這個孩子，甚至想要他的命，但我把他從一群人中救了出來，你以爲現在我會不管，讓他隨便受別人的欺負嗎？不管你是不是他的父親——說實話，我想你在撒謊，這個孩子就算落在別人手裡被很快弄死，也比落到你的手裡被你虐待的強。好吧，我的話也說完了，你趕快滾，而且得滾快一點，我這人沒多大耐性，不想再多說什麼。」

約翰·康第一面說著一些威脅和咒罵的話，一面向旁邊走去，很快就淹沒在人群裡，不見了蹤影。邁爾斯叫了一頓飯，讓店家送到房間裡，然後帶著小國王來到三樓自己的房間。這是一個簡陋的小房間，屋子裡有一張破爛的床和一些亂七八糟的家具，點著兩枝蠟燭，光線很弱。小國王已經很疲倦，他走到床邊，倒了下去。現在已經是凌晨三點，之前的一天一夜裡他都在走路，沒有休息過。他閉著眼睛低聲地說：

「吃飯的時候再叫我。」說完，馬上就進入了夢鄉。

邁爾斯眼裡透出慈愛的目光，自言自語地說：

「眞是的，這個小叫化子到別人的屋裡，霸占了別人的床鋪，還一副心安理得的樣子，好像是他自己的東西一樣，根本不會說對不起、打擾了之類的話。他發起神經來，還眞像那麼回事，胡說八道地稱自己爲王子，要是換件衣服還眞會以爲他就是王子呢。可憐的孩子，一定是受了太大的刺激和折磨，才會變成現在這個樣子。好吧，既然我救了他，那我就要做他的朋友。現在我對他已經有很深的感情了，儘管他是個愛說大話的小壞蛋，我還是一樣喜歡他。他在市政廳反抗的時候，用那種高傲的眼神望著他們，眞有軍人的氣概。他睡著後就不用再發愁，那張臉多麼漂亮、多麼可愛啊！我一定要治好他，還要當他的哥哥，要細心地照顧他、保護他，要是誰膽敢欺負他或是傷害他，那就等於自掘墳墓，我一定不會放過他。」

他彎下腰，用慈祥和愛憐的目光看著他，還用他那雙粗糙的大手輕輕拍著他的臉龐，把他那亂糟糟的捲髮向後整理妥當。這時，小國王發出一陣輕微的顫抖，這讓邁爾斯萬分自責：

「唉！看看我，怎麼這麼粗心大意，他就這樣躺在這裡怎麼行呢，我得給他蓋點東西，不然一定會感冒。那我該怎麼辦呢？把他抱起來放到床鋪裡面行嗎？不行，會把他弄醒，他看起來太疲倦了，得讓他好好休息。」

他向四周看了看，想找條被子給他蓋一下，但是什麼也沒有。於是，他把自己身上的緊身衣脫下來，蓋在小國王身上，還說道：「我早就習慣了穿單薄的衣服，寒風對我來說沒什麼大礙，但他還是個孩子。」然後他就在屋裡不停地走來走去，以免自己冷得難受，他還在自言自語地說：

「他到底受了什麼樣的傷害，才會讓自己覺得是王子呢？可是，現在已經沒有王子了，因爲以前的王子現在已經成爲國王，而這個孩子還不知道，他現在應該自稱爲國王了……我在國外坐了七年的牢，一直都沒有家裡的消息，要是父親還在世，他一定會看在我的面上歡迎這個孩子，並好好地照顧他。我好心的哥哥亞賽也會照顧他，至於我的弟弟休烏斯……那個壞心腸的傢伙，要是他反對，我就好好地教訓他。對，我們就去我父親那裡，等他休息好之後我們就走。」

一個夥計端了一份熱氣騰騰的飯菜送進來，放在一張小桌子上，又把椅子擺好，然後就出去了。像這種窮客人，他們才不會費力地去招呼，讓他們自己伺候自己吧。他出去的時候，還把門摔得砰砰作響。睡得正香的小國王被關門聲驚醒，他坐了起來，睜開朦朧的雙眼望了一下周圍，又露出了傷心的神色。他長長地歎了口氣，看到邁爾斯・亨頓蓋到自己身上的衣服，又看看邁爾斯單薄的衣服，知道這位勇士爲自己犧牲很大，於是溫和地對他說：

「你人眞好，眞的，你對我太好了。把衣服拿去穿上吧，我現在已經不需要它了。」

然後他站了起來，向著角落臉盆架走過去，站在那裡。亨頓穿上衣服高興地說：

「現在我們可以好好地吃頓飯了，飯菜都是剛送來的，又香又熱，看，還冒著熱氣呢。你剛睡了一覺，現在再好好地吃上一頓，又會成爲一個有精神的小夥子。快過來吃吧！」

小國王沒有說話，只是站在那裡看著眼前的邁爾斯，眼睛裡透出一絲驚訝和不解，還含有幾分不耐煩。邁爾斯看著小國王，說：

「怎麼了？」

小國王皺了皺眉頭，說：

「喂，我要先洗臉。」

「哦，原來是這樣啊！你想幹什麼都行，不用跟我請示，我的東西你隨便用，不要客氣。」

小國王仍然一動不動地站著，還用力在地板上跺了一下腳。邁爾斯簡直不知道該怎麼辦才好，他問：

「你到底要幹什麼啊？」

「你快把水給我倒上，別再廢話！」

邁爾斯終於明白怎麼回事了，他心裡想：天啊，他扮王子扮得可眞像！於是，他趕緊走上前去，在臉盆裡盛上水，然後恭敬地站在一邊，看到小國王還是一動不動地站著，他有些吃驚了，直到一陣命令又傳過來：「過來，把毛巾給我。」這時他才恍然大悟。毛巾其實就在國王的手邊，但邁爾斯還是拿起毛巾遞給他。他讓小國王洗完臉後，自己也洗了洗，當他正在洗臉的時候，小國王就已經在桌子前坐下，準備用餐。邁爾斯很快地洗完臉，把另一張椅子拉到桌子旁邊，正準備坐下時，小國王憤怒地盯著他，說：

「等一下，你難道不懂禮數嗎？居然敢在國王面前坐下。」

這句話讓邁爾斯大吃一驚，弄得他半天沒有回過神來。他悄悄地自言自語：「瞧，這可憐的孩子還眞跟得上局勢的發展，國王死了之後，他就馬上幻想自己成了國王！我得順著他的想法才行，要不然他下一句話，一定會說要讓我到塔裡去坐牢。」

他決定順著他的意思辦事，於是高興地從桌子邊把椅子搬開，站在國王身後，盡可能按宮廷裡的禮節伺候著他。

邁爾斯盡心盡力地伺候國王，國王越吃越高興，於是就開始和他講話：

「我記得你好像說過，你叫邁爾斯・亨頓，沒錯吧？」

「是的，陛下。」邁爾斯回答，然後心裡想著：「我若要順著他的意思，就得稱他爲陛下，決不能忘記了。我既然決定扮演這個角色，就一定要把它扮演好。」

國王喝下第二杯酒後，興致也就更高了，他又說：「我現在想瞭解你，把你的故事都告訴我吧。我很欣賞你的舉動，很有英雄氣概，動作也很高貴，你是出生於貴族世家嗎？」

「回國王陛下，我家是一個小貴族，父親是男爵，一個較小的勳爵之一，人家都稱他爲理查．亨頓爵士，住在肯特郡附近的漢屯。」

「這個名字我一時想不起來，接著往下說，把你的經歷都告訴我。」

「國王陛下，我的經歷沒什麼大不了，雖然說不出什麼開心的事，但我還是願意把我人生的經歷告訴您讓您消遣。我父親理查爵士很富有，而且生性豪爽，當我還是小孩子的時候，我母親就去世了。我有兩個兄弟，我哥哥叫亞賽，他的心腸和我父親一樣好；我的弟弟休烏斯可是個壞傢伙，他自私自利，心腸毒辣，詭計多端，是一個卑鄙的小人。他一出生就是那樣，十年前我從家裡離開的時候他還是那樣，那時他才十九歲，就已經是一個十足的壞蛋了。我有一個表妹艾莰絲，我走的時候她才十六歲，她長得很漂亮，也很溫柔，心腸好得沒話說。她的父親是個伯爵，但家裡就只剩下她一個人，所以一大筆財產都由她繼承了，我父親是她的監護人，所以她住在我們家。我很愛她，她也很愛我，可是她一出生就已經和我哥哥亞賽訂了婚，我父親不同意解除婚約。亞賽喜歡另一個女孩，所以他叫我們不要灰心，也許有一天老天眷顧，我們就能在一起了。休烏斯愛上了艾荻絲的錢，雖然他不承認，但我知道得很清楚。艾荻絲雖然沒有上他的當，但我父親卻相信了他。我父親在我們三兄弟中，最喜歡的就是他，也最信任他，什麼事都聽他的，因爲他是最小的孩子——自古以來，父母都是最疼愛最小的孩子。休烏斯有一張愛說好話的嘴，最會討人歡心，撒謊的本領也特別強，這些都是老一輩過於疼愛的結果。說實話，我有些不拘小節，甚至可以說非常不拘小節，但我不拘小節是不會讓任何人損失什麼，也不讓別人受到傷害，這又有什麼大礙呢？

「可是我的弟弟休烏斯，他偏要在我這個毛病上做文章，他知道我哥哥亞賽身體不好，心想，只要把我掃地出門，他就沒有後顧之憂了。國王陛下，這件事情說起來可就長了，我想您也沒興趣聽這種瑣碎的事情，我還是簡單地講一下吧。我的弟弟休烏斯卑鄙地製造僞證來陷害我，把一根細繩子弄到我房裡，又收買了幾個僕人和另外一些壞蛋，然後再帶人到我房裡找到那條繩子，讓我父親以爲我違抗他的命令，想要帶著艾荻絲私奔，再和她結婚。

「我父親輕易地相信了休烏斯的話，把我趕出了家門。他叫我離開英國，到外面流浪三年，也許我可以成爲一名軍人或是更出色的人，那樣我就可以學到更多的東西。於是，我就參加大陸戰爭，在戰爭中，我受到很嚴重的打擊，可我仍然堅強地面對。但在最後的那場戰鬥中，我被俘虜了。在外國的監獄裡，我待了七年。前不久，我藉著自己的努力和智慧獲得了自由，我趕緊逃回了家鄉。現在我沒有錢，也沒有衣服，在這七年裡，我沒有亨頓家的任何消息，對那裡的變化一無所知。國王陛下，我的經歷已經說完了。」

「你居然受到別人的陷害，眞是太可惡了！」小國王憤怒地說，「你放心，我會爲你伸冤，我發誓，我一定會這麼做，國王說的話就是聖旨！」

邁爾斯所講的遭遇引起了小國王的激動，於是小國王也開始說起自己的不幸來。他的話聽得邁爾斯目瞪口呆，心裡想：

「這個孩子的想像力可眞是豐富，他的腦子眞不平凡。先不管他是不是瘋子，一顆平凡的腦子絕對想不出這麼離奇的故事。講故事的時候思路那麼清晰，還講得繪聲繪影！可憐的孩子，只要有我在，我就不會讓他受到傷害，不會讓他離開我的身邊。我要把他當作我最親的人，我一定要治好他，等他恢復正常之後，憑著他的想像力，鐵定能成爲大人物。對，那時候我就可以驕傲地對人家說：『看吧，這就是我收養的小乞丐，我知道他一定會出人頭地，我的眼光還能有錯嗎？』」

國王接著又說話了，這次他用深沉的語調說：

「你在我受到恥辱和傷害的時候救了我，要不是你，我可能早就死去了，所以你也間接地讓我保住了王位。因爲你的勇敢，你可以請求我的賞賜。把你的願望說出來吧，只要我可以做到的，我一定會滿足你。」

國王的提議讓邁爾斯回過神來，他正想向國王謝恩，說他只是做了份內的事不需要什麼賞賜時，一個更好的想法閃過他的腦子。於是，他讓國王給他幾分鐘的時間思考，好讓他想想要怎麼樣接受陛下的恩典。小國王聽了之後覺得有道理，國王的恩典也不是隨時都有，決定的時候是應該鄭重。

邁爾斯想了幾分鐘，突然閃出一個念頭：「啊！我想到一個辦法，他國王的派頭太大了，這樣生活起來實在太累，而且很不方便。要是用別的方法來提出這個要求太難了，這個機會可是再好不過了。眞是萬幸，我剛才沒有放棄這個機會。」於是他對著國王跪下來，說：

「我做的事情微不足道，每一個臣子遇到這種情況都會這樣做，所以我不敢居功。可是陛下開恩，覺得我值得獎勵，那我就大膽請求一件事情。陛下知道，在四百年前，英王約翰與法王有過節，約翰國王就準備命令兩國武士在比武場中一決勝負，以此來解決兩國的爭端。當時兩位國王和西班牙國王都親自來到比武場。法國的武士出場了，英國的武士們看到他勇猛的樣子，都不敢站出來和他比武。要是沒有人比武，那就等於英國認輸，等於國家的恥辱，這是一件多麼嚴重的事情啊！情況對英國相當不利。當時英國最厲害的武士柯綏勳爵被囚禁在倫敦塔裡，並被剝奪了爵位和財產，因爲長期囚禁在塔裡不見陽光，身體也大不如從前。這時國王想到請他來出戰，他同意了，就披上戰甲，準備上陣。但那個法國武士早就聽過他的名號，再看見他魁梧的身材，便不戰而退，法國國王就這樣輸了這次比賽。事後，約翰國王恢復了柯綏的爵位和財產，還對他說，『你有什麼願望儘管說出來，只要我辦得到我一定答應你，就算你要求與我平分國土，我也不會推辭。』當時柯綏也像我這樣跪著，對國王說，『陛下，我不敢有太多的請求，只想請求一件事，我只希望我的後代能在大英帝王面前，有不脫帽子的權力，從今以後，只要王位存在，這種特權就不取消。』陛下知道，約翰國王同意了他的要求。四百年過去了，直到今天，這個家族在國王面前不脫帽子也不會受到懲罰，別人是絕不允許這樣做的。藉著這例子，我想請求陛下也給我一個特權，那樣我就滿足了。我的願望就是，我和我的後代，永遠可以在大英國王面前坐下，只要王位存在一天，這個特權就永不取消。」

「邁爾斯．亨頓爵士，現在我封你爲爵士。」小國王以莊嚴的目光看著他，用亨頓的劍舉行了這次的授爵儀式。「起來坐下吧，現在你的願望已經實現，你可以在大英國王面前坐下，只要王位存在一日，這個特權就永不取消。」

小國王說完之後就走開了，好像在思考著什麼。邁爾斯就起身坐在面前的一把椅子上，暗暗地想道：「這個特權眞是給了我太大的幫助，我的腿都站得痲木了，要是剛才我沒想這個主意，說不定我還得站好幾個星期呢！」

過了一會兒，他又想：「我現在成了這個孩子夢想中的爵士，我做事可都講究實事求是，這個爵位眞是太可笑了。不過我一定不能笑，這個爵位對我來說是虛假的，但這個孩子卻是當眞的。」

又過了一陣子，他突然想到：「萬一他在眾人面前叫我亮出這個虛假但是漂亮的頭銜，那該怎麼辦啊？有誰見過穿著這種衣服的爵士，大家一定會笑話我。可是沒什麼，只要他高興，想怎麼就怎麼吧，我可以不在乎。」

13 王子失蹤

這兩個相依爲命的夥伴很快就疲倦了。於是國王說：

「幫我脫掉這些碎片吧。」他指的是他身上的衣服。

邁爾斯憐愛地看了他一眼，幫他把衣服脫掉，然後替他蓋上被子。他向四周看了看，沮喪地自言自語道：「他又占了我的床鋪，眞不知道客氣一下。唉，我該怎麼辦呢？」小國王看出了他的尷尬，也看了看四周，說：

「你去門口睡吧，把門守好。」接著，他就躺在床上，不一會兒就進入了夢鄉。

「這孩子，他看起來眞像眞正的國王呢。」邁爾斯無奈地笑了笑，又說道，「看他扮得多好啊。」

然後，他就在門口的地板上躺了下來，一面伸直身子，一面說：

「在過去的七年裡，我住的比這個差多了，睡地板算不了什麼，我說過要好好照顧他的。」

天剛濛濛亮的時候，邁爾斯才進入夢鄉。快到中午的時候，他醒過來，看見孩子還睡得正香，於是掀開他被子的一部分，用一根細細的繩子測量著他的身材尺寸。剛量完的時候，小國王醒來了，他看著被子被掀開的一角，埋怨爲什麼不給他把被子蓋好，還問他剛才在看什麼。

「沒什麼，陛下，」邁爾斯說，「我有點事先出去一下，很快就回來，您再睡一會吧，您實在太累了。來吧，把頭也蓋上，這樣會讓你覺得更暖和一些。」

他的話還沒說完，小國王就又睡著了。邁爾斯走出去輕輕地把門關上，過了三、四十分鐘，他又輕輕地推開門溜進來。他拿著一套男孩子的舊衣服，這件衣服是用低等的布料做成，做工也很粗糙，但看起來還算乾淨，也很適合這個季節穿。他坐下來，把衣服仔細地檢查了一遍，低聲地自言自語道：

「要是我錢包裡的錢再多點，就可以買一件更好的衣服，可是錢不夠了，也只好這樣。這件衣服看起來其實還是不錯嘛。」說著他就開始唱起歌來：

「我們城裡有個姑娘，她住在我們城裡——

「我好像看見他動了一下，是不是我唱歌的聲音太大了？他已經很累了，我不能打攪他睡覺，可憐的小傢伙！這件外衣看起來還不錯，縫幾針就行了；這件緊身衣比外衣好，不過還是得縫一下；這雙鞋不是很好，但湊合著穿吧，總比他光著腳強多了。我只花了一個銅板就買到這麼多線，還送我一根針，足夠我用一年了，要是麵包也這麼便宜多好啊。現在我得把線穿上，這件事情太費勁了。」

穿線對他來說的確是件費勁的事，只見他一手把針拿穩，一手抓線往針孔裡送——自古以來，男人穿針都是這個樣子，這和女人穿針的方法剛好相反。試了一次又一次，那根線老是不聽話，一會鑽到針的這邊，一會鑽到針的那邊，甚至還跑在針的頂端去。可是他很有耐性。過了一會，他終於把線穿好了，便拿起外衣縫補起來。「旅館的錢已經付清了，等會兒送來的早飯也給錢了，剩下的錢用來買兩頭小驢和應付這兩三天路上的開銷，對，只要熬過這兩三天，等我們到了漢屯就會過上豐衣足食的日子。」然後又接著唱道：

「她愛她的丈……唉喲！眞是的，怎麼把針扎到指甲下面去了？不過沒關係，這又不是第一次了。還眞有點痛！只要我們到了漢屯，小傢伙就可以過上好日子，他的病過不了多久就可以痊癒了。」他接著高興地唱道：

「她愛她的丈夫，甜甜蜜蜜，可是有另外的男子——

「看我這幾針縫得多長啊，眞是厲害！」他把外衣高高地舉起，用得意的眼光打量了一下，說：「縫得多帥氣啊，把縫衣匠縫的那些小針小線都比了下去，他們縫的看起來太俗氣了。」他又唱道：

「她愛她的丈夫，甜甜蜜蜜，可是另外有個男子愛上她——

「啊哈，終於縫好了，縫得還不錯，動作也快。現在我該叫醒他，然後把衣服給他穿上，再給他倒水洗臉，伺候他吃飯過後，就到南市的特巴旅館旁邊的市場上去，買兩頭驢子……陛下，請起床吧！嗯？他不理我。陛下！他睡得太熟了。算了，只有把他推醒了。陛下——」

邁爾斯把被子掀開，可是卻不見孩子的蹤影。

他十分吃驚，一時間什麼話也說不出來。當他向四周看了一會兒後，發現孩子的破衣服也不見了。他猛地回過神，生氣地拉開門，準備叫旅館的老闆。這個時候，旅館的夥計端著早餐走了進來。

「快說，你這狗雜種，不然我要了你的狗命！」邁爾斯粗魯地向夥計吼道，「那個孩子到哪兒去了？」他兇狠的樣子把夥計嚇得全身發抖，舌頭好像打結了一樣，說不出話來。

過了一會兒，夥計才用顫抖的聲音回答邁爾斯所問的問題：

「先生，你剛才一離開旅館，就有個青年人跑了進來，他說您在南市的一個地方等著，是您叫他來帶這個孩子過去的。我聽他這麼一說，就把他領到房間裡，他叫醒那個孩子，說明來意後孩子就起床了，還大聲地埋怨不該那麼早把他叫醒。但他還是把衣服穿好，然後跟著那個青年走了。他一邊走還一邊在說，先生應該親自來接他，派個陌生人來接他太沒禮貌了，所以……」

「所以你該死！笨蛋！傻瓜！怎麼那麼容易就上當了？不過可能沒人會傷害他，相信誰也不會對一個孩子下毒手。我要出去找他！你先把飯擺好。等等，床上的被子裝得像有人似的，是怎麼回事？」

「先生，我不知道啊。我看見那個青年把被子擺弄了幾下，我還以爲他是在疊被子呢，眞的沒太注意。」

「可惡！這是故意要我，分明就是爲了拖延時間。我問你，就只有那個青年一個人來嗎？」

「是的，就只有他一個人，先生。」

「沒騙我？」

「沒有，先生，絕對沒有。」

「你這個豬頭豬腦的傢伙，你再仔細想想，好好想想，別著急，想仔細點，夥計。」

夥計想了一陣，又說：

「他來的時候是一個人，沒錯，可是他帶著孩子到了橋上，走到人群中時，一個長相很兇的人從旁邊鑽了出來，正當他就要跟上他們倆的時候……」

「後來怎麼樣了？快說！」邁爾斯急躁地大叫，打斷了夥計的話。

「後來就有一大群人把他們圍起來，這時候老闆有事叫我，我就做事去了。當時老闆正在生氣，因爲一個教書先生叫了一份烤肉，可是沒有人給他送去。我眞是倒楣，被老闆罵了個狗血淋頭，這件事怪在我頭上眞是冤枉。這叫什麼，打個比方說吧，就像有人犯了法，非要怪在一個剛打娘胎裡出來的奶娃兒身上，其實……」

「夠了，你這個笨蛋！我不想聽你這些廢話。等等，你想去哪兒？給我回來，他們是往南市了嗎？」

「是的，先生，其實剛才我的話還沒說完呢，提起今天的事就生氣，都是那份該死的烤肉，那能怨我嗎？要是怨我，還不如怨剛出生的奶娃兒，可是……」

「快滾開，你還在這兒廢話幹什麼？信不信我掐死你？」夥計聽了之後飛快地跑掉了，邁爾斯也跟在他後面，三步併兩步地跑下樓去，嘴裡還一個勁地在說話：「一定是那個卑鄙的傢伙，他還說這孩子是他的兒子呢，我才不信。唉，我把可憐的小瘋子給弄丟了，眞叫人傷心，我對他已經有了很深的感情。不，我相信我並沒有失去你，我只是暫時把你弄丟了！我會到全國各地去找你，我就不信找不到你。可憐的孩子，我們的早餐還在那裡放著呢，可是現在我沒心情吃東西，讓老鼠去吃吧。現在最重要的就是要找到你，要快，一定要快！」他在橋上的人群裡穿行的時候，自言自語地說：「他埋怨我不該派陌生人去接他，可是他還是跟著陌生人去了。是的，他去了，因爲他以爲那是我邁爾斯·亨頓派去請他的，要是別人，他一定不會去的，我知道。」他老是在想這個問題，覺得孩子是因爲信任他才會上當，這個念頭讓他的心裡好受了許多。

14 湯姆登基

就在這天的黎明，湯姆・康第從一陣噩夢中醒來。他在黑暗中睜開雙眼，安靜地躺在床上。他在分析腦子裡雜亂無章的念頭，希望能理出一個頭緒來。突然，他用狂喜的聲音低聲地喊道：

「我明白了，我全都明白了！感謝上帝，終於讓我醒過來了，其實這樣也不錯。南恩，白特，快過來，把你們的稻草丟在一邊，到我這裡來吧，我做了一個十分離奇的夢，快過來我講給你們聽。這個夢太叫人吃驚了，感覺太眞實了，你們一定會喜歡聽的……南恩！白特！……」

一個身影在他旁邊出現，這個人說：

「陛下，您有什麼聖旨要下達嗎？」

「聖旨？啊，我眞是太倒楣了，怎麼會是這樣。我聽過你的聲音，快告訴我，我是誰？」

「您是誰？您昨天是王子，但今天就已經是國王，大英國王愛德華六世。」

湯姆把頭埋進枕頭裡，低聲地抱怨道：

「天啊，原來不是夢，這種日子什麼時候才能結束啊？你去休息吧，別來打攪我，我要靜靜地想一點事情。」

過了一會兒，湯姆又睡著了，這一次，他做了一個美夢。夢裡還是夏天的情景，他一個人在一個叫做好人場的草坪上玩，忽然，來了一個只有一尺多高的駝背小矮子，臉上留著紅色的長鬍子。小矮人走到他面前說：「孩子，到那棵大樹下去挖吧。」於是湯姆就走到大樹前面挖了起來，結果挖出一筆驚人的財寶——十二個便士。這還不是最高興的事情，小矮子又對他說：

「我早就認識你，知道你是個善良的好孩子，應該得到上帝的獎賞，你的苦日子就要到頭了，因爲你的善良，所以會得到好報。記住這棵大樹，以後每過七天，你就到這裡來挖一次，每次都可以得到十二個便士，但這件事情你不能告訴任何人，要保守秘密，要不然就不會再挖到財寶。」

話剛說完，那個小矮子就不見了。湯姆拿著這十二個便士又驚又喜，他飛快地跑回垃圾大院，心裡在想：「我每天晚上給父親一個便士，他一定會以爲這是我討來的，肯定特別高興，我就不會再挨打了。安德魯神父教會了我很多東西，每個星期我都要給他一個便士，剩下的四個給媽媽、南恩和白特。現在我們再也不用挨餓，也不用穿破爛的衣服，我們會過上好日子。」

他在夢裡跑得氣喘吁吁，終於跑到了簡陋的家裡，他興奮地把四個便士遞到媽媽手裡，興奮地說：

「這是給您的，全都是，給您和南恩、白特的。這可是我規規矩矩得來的錢，不是討來的，更不是偷來的。」

母親高興得把他摟在懷裡，大聲地叫道：

「時候不早了，陛下！您是不是該起床了？」

嗯？這可不是他想聽到的回答，好夢一下子被打斷了。

他睜開眼睛看了看，總御寢大臣正穿著華麗的衣服跪在他面前，美夢立即消失得無影無蹤，他仍然是關在金籠子裡的俘虜國王。

屋子裡站著一大群披著紫色斗篷的大臣和伺候國王的僕人，他們都穿著喪服。湯姆慢慢地坐起來，揉了揉眼睛，看著帳子外面那群打擾他美夢的人，他們都是來伺候他穿衣的。

國王穿衣可是一件重大的工作，在這項工作進行的時候，大臣們都紛紛來到湯姆面前跪拜，對他喪失「父王」的不幸表示哀悼。衣服由總御寢大臣拿起，然後再遞給總內侍官，再遞給次御寢大臣，他又把衣服遞給溫莎御用狩獵總管，然後傳給三級近侍官，然後又遞到蘭開斯特公爵領地王室大臣的手上，再遞給御服大臣，再遞給紋章局局長，然後遞到倫敦塔典獄官那裡，再遞到皇家總管大臣手上，再由他遞給世襲大司巾，然後又遞給英國海軍長官，再遞給坎特伯利大主教，然後再遞回到總御寢大臣手上。這時，這位大臣才把傳遞了大半個屋子的衣服，拿來給湯姆穿上。可憐的湯姆看得暈頭轉向，他想到這個情景和救火的時候從遠處遞水的樣子很像。

國王穿的每一件衣服都要經過這道程序，湯姆覺得這種禮節有些不可理喻。過了一陣，他就感到非常厭倦了。當他終於看見大臣們遞著一條褲子過來的時候，知道穿衣的程序就快結束了，他在心裡暗暗地想道：謝天謝地，苦難終於到頭了。可是他似乎高興得太早了。總御寢大臣把那條褲子遞過來，正準備給他穿上時，總御寢大臣的臉突然一下子紅了。他把褲子丟到坎特伯利大主教的手裡，臉上露出驚慌的神色，嘴裡還小聲地說著，「你看看，閣下！」同時還指著褲子上的某一樣東西。這個大主教看了過後，臉上露出了尷尬的神情，又把褲子遞給海軍長官，也說，「你看看，閣下！」海軍長官看了看又把褲子遞給世襲大司巾，他也嚇得臉色發白，然後這條褲子又順著傳回去，遞給總管大臣，然後遞給倫敦塔典獄官，再遞到紋章局長手裡，遞到御服大臣手裡，再遞到蘭開斯特公爵領地王室手裡，再遞到三級近侍官手裡，再遞到溫莎御用狩獵總管手裡，遞到次御寢大臣手裡，再遞到總內侍官手裡。每遞給一個人，都伴著一聲驚慌的呼聲。褲子最後又遞到總御寢大臣手裡。總御寢大臣盯著惹出這場禍端的罪魁禍首，然後小聲地說道：「怎麼搞的，褲子的花邊掉了一大段。快，把御褲管理大臣送到塔裡去關起來。」他說完之後就因爲過度緊張，倒在總內侍官的肩膀上。此刻他也已被嚇得沒有力氣了，正等著別人拿另外一條完好的褲子來。

當一切的禮節都結束時，湯姆．康第這才穿好了衣服，可以起床了。於是，專管倒水的大臣把水倒好，專管洗臉的大臣就過來給他洗臉，管拿毛巾的大臣捧著毛巾等在旁邊。終於，湯姆按照宮廷的禮儀把漱洗工作完成了，就坐在那裡，等著御用理髮師給他整理頭髮這道最後的程序。經過這位御用理髮師的打理之後，湯姆馬上就變得容光煥發了。他身上披著紫色的斗篷，穿著紫綢的大腳短褲，頭上戴著紫色翎毛頂子的帽子，像極一個舉止優雅的漂亮女孩。然後，他大搖大擺地從那些大臣中穿過，向吃早飯的專用餐廳走去。每當他走過，兩邊的人都會低著頭給他讓路，並且還跪在地上，向他致敬。

吃過早飯以後，湯姆在那些大臣和五十個拿著金色戰斧的侍從衛士帶領下，按照國王的禮儀，來到了大殿。這裡是國王處理國家大事的地方。他的「舅父」赫德福伯爵在國王的寶座旁邊站著，準備給他提出治理國家的意見，以供國王參考。

亨利八世國王在遺囑裡指定了一些功勳顯赫的大臣，現在他們正一個個來到湯姆面前，請示他批准幾件事情。但這只是一種形式，因爲這時候新國王還沒有眞正參與到國家大事裡。坎特伯利大主教報告了國王的遺囑裡下達的關於喪事的處理事宜，最後還宣布了參加處理這件事的人員名單，有：坎特伯利大主教、英國大法官、威廉·聖約翰伯爵、約翰·羅素勳爵、愛德華·赫德福伯爵、約翰·理斯爾子爵、德拉謨主教柯斯柏……

湯姆並沒有仔細聽，他正想著遺囑裡一句讓他費解的話，於是他轉過臉去，低聲地問赫德福伯爵：

「他說什麼時候舉行喪禮？」

「下個月十六日，陛下。」

「這眞是個荒唐的想法，他能放到那麼長時間嗎？」

可憐的小湯姆，他對這些皇家的禮儀還很生疏。在垃圾大院裡，人死了會很快被清理出去，和這裡的處理方法完全是天壤之別。但赫德福伯爵在他的耳邊輕輕地解釋了一下，他也就不再多問。

這時，一位國務院大臣遞來一道委員會的擬議，指定在第二天的十一點接見各國派來的使者，請國王批准。

湯姆不知道怎麼處理這件事情，把疑問的目光投向赫德福伯爵，赫德福低聲地說：

「陛下應該同意這件事。他們都是爲了陛下登基和老國王去世這兩件大事而來，是爲了對陛下表示哀悼的。」

湯姆按照他的吩咐，批准了這件事情。另一位大臣接著宣讀一份已故國王的開支報告。當湯姆得知前面六個月的開支一共有二萬八千英鎊時，他被嚇得喘不過氣來。而後他得知這筆巨大的開支中，有二萬英鎊還沒有支付時，就簡直是魂不附體了。這一連串的驚嚇還沒過去，湯姆就又聽說國庫裡幾乎是空的，國王的一千二百名僕人都因爲王室拖欠著工資而生活困苦。於是，他皺了皺眉頭，焦慮地說：

「看來我們就要傾家蕩產了！爲什麼我們不搬到一個小一點的房子裡去住呢？這些僕人也應該撤掉，他們在這裡有什麼用呢？他們做的那些事情簡直讓人受罪，對誰都沒好處。除非是對一個木頭人，沒有大腦，自己什麼也不會做，那也許他們還有點用處。我知道有一所比較小的房子，在河邊靠近魚市那裡，就是畢林斯門附近……」

湯姆的胳臂上被人用力地碰了一下，讓他馬上停止說這些不著邊際的話。他的臉刷的一下全紅了，可是大臣們沒有露出任何異樣的表情，沒有人對他說出的話表示驚訝。

這時，又一位大臣報告，已故國王在遺囑裡還提到，決定授予赫德福伯爵以公爵的頭銜，而他的弟弟湯姆斯·賽莫爾則晉升爲侯爵，赫德福的兒子晉升爲伯爵，對其他大臣，也有不同程度的升級。這位大臣還提議在二十六日召開議會，然後確認並宣布這些頭銜。過後他還說，已故國王在遺囑裡並沒有提到給受封人的財富，然而他們又不得不維持爵位的開支，因此他建議國王應該賜予賽莫爾一片能獲得五百英鎊地租的土地，賜予赫德福之子能收到八百鎊地租的土地，如果以後有主教的領地被沒收時，再賜予他能收到三百鎊地租的土地。最後，他請示新國王是否同意這種辦法。

湯姆正想開口表達自己的意見，他想說不應該把已故國王的錢都用來賞賜，而應該用來償還債務。旁邊站著的赫德福眼疾手快，趕緊推了他一下，於是湯姆的話就只好咽進肚子裡。他心不甘情不願地頒布了一道聖旨，表示同意大臣的辦法，但心裡卻很不舒服。他坐在那裡思考了一陣，突然想到，以他現在的權力，完全可以幹出一些輝煌的大事。一個想法在他的腦海裡亂竄，何不封他母親爲垃圾大院的女公爵呢，然後再給她一份可以收租的土地。可是，不一會兒他又傷心地想到，他現在只是名義上的國王，根本就沒有實際的權力，權力完全掌握在大臣們的手裡。要是他說出他的母親，他們一定會以為他又在幻想，還會叫來大夫為他看病呢。

無聊的事還在繼續，湯姆十分厭倦這種生活。大臣們一個接一個地唸著請願書、宣言、特許狀等等，還有各種又長又囉嗦的繁瑣公文，後來湯姆傷心地歎了口氣，低聲地說：「我到底犯了什麼錯，上帝要如此懲罰我，讓我離開垃圾大院，離開自由，把我關到這個死氣沉沉的地方，當上這個讓我受罪的國王。」後來，他就開始打瞌睡，不一會就倒在椅子上睡著了。國家的大事少了一個宣布執行的傀儡，議事就只好暫時停了下來。

經過兩位監護人赫德福和聖約翰的同意，上午的時候，湯姆把伊莉莎白公主和潔恩・格雷公主叫到皇宮裡，陪他高高興興地玩了一個小時。這兩位小公主因為國王去世，心情還有些沉重。告別的時候，潔恩・格雷公主還為湯姆提出了治理國家的嚴肅意見。

兩位公主走了之後，湯姆一個人靜靜地待了一會兒，然後一個看起來只有十二歲的小男孩來到他的面前。他穿著一身的黑衣服——除了衣飾和手腕上的花邊外，肩膀上戴著一個紫色綢緞做成的孝結，表示正在服喪。他低著頭走到湯姆面前，把一條腿跪在地上，什麼話也不說，湯姆打量了他一會兒，然後說道：

「起來吧，好孩子。你是誰？你來找我有事嗎？」

那孩子站起來，規矩地站在一旁，臉上露出焦急的神色。他說：

「陛下，您不記得我了嗎？我是您的代鞭童啊。」

「我的代鞭童？」

「是的陛下，我叫韓弗理．馬婁。」

湯姆看到這個孩子有些不知所措，他的監護人怎麼沒向他提起過這事呢？現在該怎麼辦呢？要是假裝認識這個孩子，一說話準得露餡，人家就會知道他從來不認識這個孩子。不，這肯定是不行的。他想了一會兒，一條妙計浮現在他腦海裡，讓他不得不佩服自己的聰明。他想，像這種事情隨時都可能會發生，而他的監護人赫德福和聖約翰又要執行已故國王的遺囑，肯定有很多時候會被請到別的地方，他得自己想一個辦法，才能應付這些突如其來的事情。他越想越覺得這是個不錯的主意，便決定拿眼前的孩子試驗一下，看看這個辦法到底能不能行得通。馬上，他就裝出一副很爲難的樣子，敲了敲腦袋，說：

「我好像見過你，可是，你知道我這該死的毛病，腦子有些不清楚，我好像記得……」

「天啊，我可憐的主人！」韓弗理激動地叫道，然後他又小聲地說：「他們說的都是眞的，王子，不，陛下是眞的瘋了。糟糕，我怎麼忘了他們給我說過，誰也不許在陛下面前表現出看得出他有毛病。」

「最近真是奇怪，不知道爲什麼，我的記性老是和我過不去，」湯姆說，「可是你不用爲我擔心，我很快就會痊癒，只要你能稍微提醒我一下，我就能把我忘記的事情和人物都記起來。」他心裡在想，就連我沒聽過的我都能想起來。「現在告訴我，你到底是幹什麼的？」

「我其實是一個無關緊要的小人物，不過陛下既然有興趣聽，那我就說說吧。前兩天陛下在學希臘文的時候錯了三次，而且都是早上上課的時候，這個您還記得嗎？」

「對，我想起來啦，你接著往下說。」湯姆說完之後就在想，我這可不算是說謊，要是前兩天我學過希臘文，說不定會錯四十次呢。

「老師說您學得不好，還說您精神不集中，所以他大發雷霆，還說要狠狠地揍我一頓，他還說……」

「等等，他說要揍你？」湯姆聽到這裡大吃一驚，再也沉不住氣了，「我犯了錯，爲什麼要揍你呢？」

「啊？陛下，您又忘了，要是您功課學得不好，每次他都是打我啊。」

「對啊，對啊，我怎麼又忘了，你教我唸書，要是我學得不好，他就會以爲是你教得不好，所以……」

「天啊，陛下，您在說什麼呢，我是您最低賤的僕人，怎麼膽敢教您呢？」

「那你有什麼過錯，他要打你呢？你就不能說清楚一點嗎？到底是我瘋了還是你瘋了呢？快，說明白一點，認認眞眞地說清楚。」

「可是這有什麼好說的呢，陛下，誰也不敢打王子的聖體啊。所以每當您犯了過錯，都是由我來爲您承擔。這種做法沒什麼不可以，這是我的職責，也是我生活中的一部分。」

湯姆看著這孩子平靜地講出這番話，心裡想著，呵，這可是件稀奇的事，這個職業我從來也沒聽過。他們爲什麼不請一個孩子來給我梳洗打扮，那樣才好呢。如果眞是那樣，我寧願自己挨鞭子，我多想上帝把我們的位置調換啊，但這是不可能的事情。他接著說：

「老師眞的打你了嗎？可憐的孩子！」

「這個倒沒有，本來是說今天再處罰我的，可是老國王去世了，今天可能會取消這個命令。今天我到這裡來，就是想問一下，陛下那天答應爲我求情的事……」

「是跟老師求情嗎？讓他取消這頓鞭子吧？」

「對啊，幸虧您還記得！」

「我的記性開始恢復了，你也看到了。放心吧，我一定想辦法讓你的背不會挨揍。」

「啊，多謝陛下！」韓弗理鞠了一躬，大聲地歡呼。過了一會兒，韓弗理又爲難地說：「我已向陛下提出了一個大膽的請求，陛下開恩答應了，但是……」

湯姆看出了他的遲疑，於是他就鼓勵他繼續說下去。他還說自己現在心情很好，說不定會再次答應他請求的事情。

「那我就大膽地說出來了，因爲這對我來說是一件重大的事情。您現在已經是國王了，您說的話就是聖旨，沒有人會反對，所以您一定不會再學那些無聊又讓您心煩的功課，您會把書燒掉，然後找一些更輕鬆的事來做。這本是一件値得高興的事，可是這樣一來，我就失業了，我家裡那些無依無靠的姐妹也會跟著我受苦。」

「失業了？能不能再說清楚一點呢？」

「仁慈的陛下啊，我是靠我的背挨打生活的啊，要是我的背不再挨打，我就會挨餓。眼看您就不再讀書了，那就再也用不著代鞭童了，我就快失業了。陛下，我請求您，不要撤銷我的職務。」

湯姆被可憐的代鞭童所感動了，他決定要幫助這個可憐的孩子，於是他說：

「你不用擔心，可憐的孩子，我決定永遠都不撤銷這個職務，讓你的子子孫孫永遠都世襲繼承下去。」他站起來，抽出金劍在這個孩子肩膀上輕輕地拍了一下，然後大聲地說道：「起來吧，韓弗理·馬婁，大英王室的世襲代鞭童！你放心，我一定會再讀書，而且會讀得很壞，那樣你的工作就會大大地增加，他們就不得不給你兩倍的工錢。」

韓弗理高興地回答道：

「十分感謝，仁慈的陛下啊，您給我這樣大的恩惠實在讓我受寵若驚。從今以後，我永遠都會快樂，馬婁家族的子子孫孫也會快樂，這都是因爲陛下的仁慈啊！」

湯姆是個很聰明的孩子，他知道韓弗理對他很有用，只要問他什麼事，這個孩子都願意告訴他。而韓弗理也深信，他說一些能夠提醒國王的事，就能幫助他治病，因爲每當他把發生在書房或是皇宮裡的事情仔細地講給湯姆聽時，湯姆很快就能回想起當時發生的事情。他們兩個聊了一個多小時後，湯姆覺得可以從這個孩子那裡探聽到很多宮廷裡的事，於是就決定利用他來打探消息。爲了達到這個目的，他下了一道命令，聲明韓弗理每次來皇宮的時候，只要自己沒有接見其他人，那麼韓弗理就可以到國王的房間來。

有一天，韓弗理前腳剛出門，赫德福伯爵就來了，還帶來一個煩人的消息。他說，大臣們都害怕國王神經失常的謠言已經到處傳開了，所以認爲陛下應該開始當眾用餐。要是那樣的話，就算有什麼謠言，眾人只要看到陛下神色正常，言行舉止得體，也就不會再有人懷疑。

隨後，赫德福伯爵就把用餐時應該注意的具體禮節都告訴湯姆。可是湯姆似乎對這些禮節很熟悉，這讓赫德福伯爵感到很意外。其實韓弗理早就告訴湯姆說，這幾天宮中流傳著一個消息，過幾天國王就得當眾用餐。湯姆知道後不動聲色，暗地裡卻把用餐的禮儀都學會了。

赫德福伯爵看到陛下的記憶力大為好轉，就用很隨便的語氣問了他幾個問題，想測試一下他究竟好了多少。結果，他的回答讓伯爵很滿意，認為離他恢復健康的日子應該不遠了。這位伯爵因為信心太充足了，於是就大膽地提出了一個問題，而且還對這個問題充滿了希望：

「陛下的記憶力果然恢復得很快，可否請陛下再稍微想一下，一定可以想出玉璽到底放在哪兒。雖然這已經不重要了，因為它的有效期已經隨著老國王的離去而終止，但陛下還是試著想一下，好嗎？」

湯姆茫然地看著伯爵，玉璽？他可從來都沒聽說過，該怎麼回答呢？他想了一會兒，然後傻呼呼地問道：

「伯爵，請問玉璽是什麼？」

伯爵聽了之後心裡很吃驚，但他完全隱藏了自己吃驚的表情，不讓別人看出來。他自言自語地說：「哎呀，他的腦子又不清楚了，還是別再問了，不然會越問越糟。」接著，他很自然地把話題轉到其他地方，而湯姆也樂於不再提起這個話題，因此也不再追問。

15 湯姆國王

第二天，各國的大使氣派地帶著隨從來到英國，而湯姆表現得十分莊重，坐在大殿的寶座上接待他們。那個金碧輝煌的大殿讓湯姆很感興趣，所以他高興地接受了這次無聊的安排。但隨著接見時間的延長，他漸漸覺得這是一件煩人的差事，他們說的話大多是一樣的，他眞不明白重複地說相同的事情有什麼意義。然後，湯姆把赫德福伯爵教給他的話在大殿上講了一遍，盡量說得很莊嚴。他做起這種事來有點彆扭，說起話來也很不自在，所以效果也只能達到勉強過得去的地步。他的外表十足一個國王的樣子，可是心裡卻沒有絲毫當上國王的感覺。當接見結束的時候，他心裡長長地舒了一口氣。

他把一天的時間都用來幹國王該幹的事，所以他覺得這一天算是被他浪費掉了。在這天裡，本來還專門爲國王安排了兩個小時的娛樂時間，但這對湯姆來說簡直就是一種負擔，因爲這種娛樂在禮節上有很多限制，根本就不能盡情地玩耍。之後，他又把代鞭童叫到宮裡來，單獨和他待了一小時，他認為這是件讓人高興的事，因爲和代鞭童在一起的時候沒有任何約束，還可以知道宮內的事情，眞是一舉兩得。

湯姆已經當了三天的國王，雖然起初有些不自在，但現在已經開始習慣周圍的環境，也開始習慣大臣和僕人們在他面前畢恭畢敬地行禮，他對於做國王已經得心應手了。

第四天的事情總讓他覺得提心吊膽，因爲在這天，他要在大殿上主持一次會議，大臣們都會在會議上提出怎麼處理英國的外交政策，讓湯姆提出意見；赫德福伯爵也會在這天被任命爲攝政大臣。但這些事情在湯姆看來都不是最擔心的，他最擔心的還是將要在這天當眾用餐。他覺得，自己吃飯的時候有無數的眼睛看著他，而且不停地評論他，要是他不小心犯了什麼錯誤，眾人就會抓住這個錯誤加以渲染，眞是受罪的事情。

即使他不願意，第四天還是如期到來。

這一天，湯姆一直恍恍惚惚，怎麼也提不起精神。上午的公事很快辦完了，他覺得自己已經沒有精力再應付剩下的事情。

下午的時候，他被帶到一個寬大的會議室裡，許多重要官員和大臣都還沒到，他就先和赫德福伯爵說著話，伯爵一直提醒他在會議裡應該注意的事情。

後來，湯姆走到窗戶前，看著皇宮外面熙熙攘攘的人群，極其嚮往這種熱鬧的生活。

過了一會兒，他看見一群最窮、最下等的人從馬路上走過，他十分好奇地說道：

「我想知道這到底是怎麼回事。」

赫德福伯爵莊嚴地說：「您現在是國王，只要您下聖旨，臣就可以爲您查清楚到底怎麼回事。」

「啊，那眞是太好了，你就去查一下是怎麼回事。」湯姆高興地大聲說道，然後他又自言自語地說：「看來當國王也不是全無樂趣。」

伯爵叫來一個侍衛，吩咐他到警衛處長那兒去：

「國王下令，擋住下面那群人，然後問清楚到底怎麼回事。」

幾秒鐘過後，一群穿著明晃晃的皇家銅製盔甲的侍衛，從皇宮的大門出去，把那一大群人攔在馬路中央。一個報信的侍衛很快回來，他報告說，那群人要到刑場去看一個男人、一個女人和一個年輕的女孩被執行絞刑，他們犯的是擾亂治安和詆毀國王尊嚴的罪。

要處死這些百姓，而且還是慘死，湯姆心裡一陣揪心的疼痛，他決定要救這幾個人。他根本沒想過這幾個人犯的是什麼罪，也沒想過他們到底害過多少人，只有絞刑架上的屍體不斷在他眼前浮現。他現在忘記他並不是眞正的國王，一句話沖口而出：

「把他們都帶到這裡來！」

說完之後他才想到，發出這樣的命令似乎有點不禮貌，正想說出道歉的話來，但看見赫德福伯爵和僕人們都沒有覺得驚訝，就把剛要說出口的話收了回來。侍衛聽見湯姆的命令後向他鞠了一躬，然後就退出房間，執行他剛才發出的命令去了。湯姆感到特別神氣，覺得前幾天當國王所受的罪還是值得的。他心裡想：以前看過神父給我的書後，就會想像自己是國王，可以命令所有的人，說你去幹這個，你去幹那個，誰都要聽我的；現在我眞的體會到那種感覺了。

這時候，門打開了，負責通報的侍從通報了幾個響亮的頭銜，接著這些人就跟著進來，屋子頓時擠滿了衣著華麗的人群。這些都是今天來參加會議的大官，但湯姆對這些人一點也不感興趣，他現在心裡只想著另一件事情。他急切地望著門口，大臣們看見他這副模樣，也都盡量不去打攪他，各自談論起國家大事，或者宮廷趣聞。

過了一會兒，只聽見一陣整齊的步伐向這間屋子靠近，犯人們在一個副執法官和一隊國王的衛隊押送下，來到國王面前。那個執行官向湯姆鞠躬之後就站到一邊，那三個囚犯進來之後就一動也不動地跪在那裡，衛隊直接走到湯姆後面站著。湯姆仔細地把那三個犯人打量了一番，那個男人好像有些眼熟，他努力地回憶，想知道自己以前是不是見過他，可總是想不起什麼時候，什麼地方見過。這時候，那個男人猛地抬頭看了一眼湯姆，又迅速地低下頭去，他沒有膽量如此正視國王，但湯姆卻把他的面貌看清楚了，也想起什麼時候見過這個人。他心裡想：「現在我知道他是誰了，在今年耶誕節的那天，這個人把我垃圾大院的夥伴，齊爾斯・威特從泰晤士河救了起來。那天刮著大風，冷得要命，但他卻跳下河去救了一個陌生人。我沒有忘記那天，因爲這件事發生後一個小時，也就是十一點的時候，奶奶狠狠地揍了我，那次她打得特別狠，現在我都還能記起當時的疼痛。這是個勇敢、好心的人，但現在他卻做了壞事，弄得要被處死。」

湯姆有點不相信這個好人會犯錯，就算有錯也應該是小錯，不至於被處死。於是他下令先把婦人和年輕女孩帶下去，然後對執行官說：

「請問，這個人犯了什麼罪？」

那個小官馬上跪下來，恭敬地回答道：

「回國王陛下，他用毒藥毒死了一個人。」

湯姆本來對這個人深感同情，他覺得他救起自己夥伴的行爲很值得讚賞，但現在聽說他居然毒死人，他不確信地問：

「這件事情已經確定是他幹的了嗎？」

「是的，陛下，已經確定了。」

湯姆惋惜地歎了口氣，說：

「那把他帶走吧，既然他毒死了人，那他就應該受到懲罰，他是個好人，不，不，我是說他看起來像個好人。」

犯人突然把手交叉握著，用絕望的聲音向湯姆請求道：

「仁慈的國王陛下，請您可憐可憐我這個受難的人吧！我並沒有犯罪，他們強加給我的罪名的證據是不足的，但我現在要說的不是這個。我的死刑早就已經決定了，是不能更改的，但我在臨死前請求陛下開恩，因爲我忍受不了我的死法。仁慈的陛下，請您開恩啊！請您大發慈悲，把我處以絞刑吧！」

湯姆聽了之後很驚訝，他以爲他會求情免他死刑。

「怎麼？你爲什麼會有這樣的請求呢？他們不是判你絞刑嗎？」

「啊，仁慈的陛下，不是的，他們判的是把我活活地煮死啊！」

這句話幾乎嚇得湯姆從椅子上跳起來，他剛回過神來就叫道：

「我答應你的請求，可憐的人啊！就算你再多毒死一百人，也不應該死得這麼慘。」

犯人伏下身去，臉幾乎都要貼到地上了，然後感恩地說了一大堆話，但湯姆只聽到最後一句：

「要是您以後遇到什麼不幸，我是說萬一，人家都會記得您對我的恩典，都會報答好心的您。」

湯姆回過頭對赫德福伯爵說：

「伯爵，英國居然有這麼殘酷的刑罰，是法律規定的嗎？」

「是的陛下，英國的法律規定，對下毒害人的犯人都處以這種刑罰。德國懲罰製造假錢的人，就是把他們放到油鍋裡炸死，而且還不是一次整個就丟下去，而是先拴在繩子上，慢慢地往下放，先炸腳，再炸腿，再……」

「啊，不要再說了，我不要再聽下去，我受不了了！」湯姆大聲地喊道，他用雙手把眼睛蒙起來，阻止自己去想像伯爵所說的慘象。「快，我命令，馬上修改這條法律，我不要讓我的百姓受到這樣的痛苦。」

赫德福聽到湯姆這麼說，臉上露出欣慰的笑容，他也是個心地善良的人，而在這個時代、這個階級，能有這樣心腸的人已經很少了。於是他說：

「陛下既然下了旨意，那這種刑罰從此就被禁止，陛下的仁慈會被記錄在史書上，成爲皇家的光榮。」

副執法官正要把這個男人帶走，湯姆做了一個手勢，讓他再等一下，然後說：

「我要你把這件事情清清楚楚地告訴我，這個人剛才說他罪行的證據不足，你能不能說明一下。」

「回國王陛下，在審案的時候問清楚了，這個人走進艾靈頓小村的一戶人家，那裡當時躺著一個病人，有三個人都說上午十點整的時候見過他，也有兩個說還要晚兩分鐘見到他，總之他是去了。當時只有病人一個人在家，而且還睡著了。他進去後沒多久就出來了，可是他走之後病人就嘔吐、抽筋，不到一個小時就死掉了。」

「有誰看見他放毒了嗎？有沒有發現毒藥呢？」

「啊，這倒沒有，陛下。」

「那怎麼斷定就是有人下毒了呢？」

「回陛下，醫生檢查過了，他說要不是中了毒，病人臨死的時候就不會有那種症狀。」

在那個科學技術不發達的時代，這可是有力的證據，湯姆也知道這個證據的重要性，就說：

「醫生說的應該就沒錯，證據對這個可憐的人來說眞是太不利了。」

「還不只是這樣，陛下，還有對他更不利的證據呢。村子裡的很多人都可以證明，從前有個巫婆曾經預言過這個病人將會被毒死。現在這個巫婆已經離開了這個村子，但她預言的時候曾經說過，下毒的是一個陌生人，長著棕色的頭髮、穿得破破爛爛的一個陌生人，這些都和犯人的情況完全符合。陛下，這個事實既然是巫婆早已預言的，那當然不會錯，所以請陛下相信這個事實。」

那個時代的人都很迷信，所以這個理由相當的充分。湯姆覺得這件事情已經不能再更改了，證據已經充分證明了他的罪名，但他還是決定給犯人一個申辯的機會，就問他：

「如果你有什麼證據爲你洗清罪名，那就說出來吧。」

「我沒有證據，陛下，雖然我知道自己是冤枉的，但不知道怎樣證明。我沒有朋友，要不然我就可以證明那天我根本就不在艾靈頓，而且當時我離那裡有三里遠呢。當時我正在華賓碼頭，還有，他們所說的時間，我正在救人。當時有一個孩子掉進了河裡……」

「等一下，執法官，你快告訴我，這件事發生在哪一天？」

「回國王陛下，就發生在今年耶誕節，上午十點鐘，也許還要晚幾分鐘，當時……」

「把犯人放了吧——這是國王的聖旨！」

他說完這句話之後，發現這句沖口而出的話太不符合國王的身分，於是他的臉一下子就紅了，馬上他又說了一句話來掩飾自己的窘迫：

「只靠這種毫無根據的證據就處死一個人，這讓我很生氣！」

一陣討論聲四處傳開了，大家都敬佩湯姆的這種做法。沒有人覺得那是命令，他們覺得國王釋放了一個被處死的毒殺犯是正確的決定，大家敬佩的不是他放了一個人犯，而是敬佩他的智慧和魄力。他們這樣議論道：

「誰說他是瘋子國王？他的腦袋比誰都清醒。」

「他所問的問題多高明啊，他採取這樣果斷的手法處理這件事情，是十分正確的。」

「感謝上帝，他的神經病已經好了！不再是一個糊塗的國王，而是一個英明的國王。他和他父親一樣有魄力。」

大廳中充滿了稱讚的議論聲，湯姆當然也聽到了這些稱讚，這讓他覺得這件事情一定處理得很好，他感到全身輕飄飄的，十分高興。

但是他的好奇心很快就把高興的情緒壓了下去，他想知道那個婦人和年輕女孩犯了什麼罪，於是就命令把那兩個可憐的囚犯帶進來。

「她們兩個犯了什麼罪呢？」湯姆問執法官。

「回國王陛下，有人控告她們有邪惡的思想，把靈魂出賣給了魔鬼，而且還清楚地證實了，所以法官按照英國的法律，判處她們絞刑。」

湯姆聽了之後心裡發毛，有人曾經告訴他，應該憎恨這種人，可是他現在還是決定滿足自己的好奇心，於是問道：

「這件事是在什麼地方發生的？什麼時候發生的？」

「在一所破舊的教堂裡，就在去年十二月的一個半夜裡幹的，陛下。」

湯姆打了個冷顫，接著問：

「有幾個人幹的？」

「回陛下，就只有她們兩個，另外還有魔鬼。」

「她們承認了嗎？」

「沒有，陛下，誰會承認這種事呢，至今她們都沒有承認。」

「那麼，有誰看見了嗎？」

「有好幾個證人都看見她們半夜到教堂裡去，這本來就值得懷疑，但後來又發生了一件足以證明她們犯罪的事情。她們用從魔鬼那裡得到的魔力，引起了一場暴風雨，結果，把臨近一帶的村莊毀壞了。這件事有四十個見證人，其實要找到一千個證人也不難，因爲大家都遭受了暴風雨的襲擊，都記得很清楚。」

「這實在是一件很嚴重的事情呢。」湯姆把這個嚴重的罪行在心裡反覆地想了一會兒，然後問：

「這個女人也受到這次暴風雨的襲擊了嗎？」

在場的幾位大臣讚賞地點了點頭，他們認爲湯姆這個問題問得很高明，但是執法官卻沒有聽出這句話裡的意思，很快回答道：

「她當然也受到了襲擊，陛下，她應該受到這樣的懲罰，大家都這樣認爲。她家的房子被大風刮倒了，現在她和她的孩子都無家可歸。」

「我想她這種魔力是花了很大的代價得來的，那麼她用這種魔力卻給自己帶來那麼大的災難，她顯然是受騙了。就算用一個銅板換來這種魔力，也是不值得的，但她居然用她和她孩子的靈魂作爲代價，這只能說明她是瘋了。既然她瘋了，那她做什麼事都不是出於自願，也就不能算是犯罪了。」

一些大臣又一次讚賞地點了點頭，有一個大臣低聲地說道：「我看謠言說的並不是眞的，國王並不是瘋子。」

「這個孩子多大？」湯姆問道。

「回國王陛下，九歲。」

「法官，我想問你，在英國的法律裡，兒童有跟人家訂約出賣自己的權力嗎？」湯姆轉過身去，問另一個權位較高的法官。

「陛下，在英國的法律裡，兒童不允許參與或決定重大事情，因爲他們的頭腦都不成熟，不能全面的考慮事情。魔鬼如果願意，他可以買一個孩子，孩子也可以同意，但是英國的法律不同意，所以，只要是英國人，他們訂下的契約就會被視爲無效。」

「英國法律不維護英國人，反而讓魔鬼逞能，這件事似乎不合乎情理，這條法律也是不合乎情理的。」

湯姆對這件事的見解讓更多人對他投以讚賞的微笑，還有許多人牢牢地記住這件事，準備到宮裡到處宣揚，證明湯姆不僅恢復了健康，而且還變得很有見地。

那個婦人停止了抽泣，滿懷希望地聽著湯姆對這件事的分析，而湯姆也看出了這個處於生死邊緣的女人對他的期望。他又問道：

「她們是怎麼用魔力掀起暴風雨的？」

「回國王陛下，她們用脫襪子的方法。」

湯姆聽了之後，吃驚地望了望跪在面前的兩位犯人，又望了望執法官，他十分好奇地問道：

「這眞是個奇怪的方法！要是她們這樣做，隨時都會出現可怕的事情嗎？」

「是的，陛下，隨時都行。只要這個女人想要發生災難，而她再唸些咒語，不管是在心裡還是在嘴裡唸都行，那樣就會發生可怕的事情。」

湯姆急切地對那個女人說：

「現在就施展你的魔法吧，我想看到一場暴風雨。」

大廳裡那些迷信的人，臉都被嚇得慘白，他們都想離開這個地方，只是不敢在國王面前如此放肆。湯姆對大家的反應都不在乎，他現在除了想看到一場突來的暴風雨之外，對其他的事情都不感興趣。他看見那個女人臉上露出爲難和驚訝的神色，於是又興奮地對她說了幾句話：

「不用害怕，儘管使用你的魔法吧，我不會怪你。只要你按照我的要求施了魔法，我還會放了你，他們誰也不敢動你一下。快啊，施展你的魔法吧！」

「啊，聖明的國王陛下，我並不會施展什麼魔法，我是冤枉的啊！」

「你現在一定還在害怕吧，不用怕，我叫你施魔法是不會讓你吃虧的。製造一場暴風雨吧，哪怕是小小的一場也行。只要你這樣做，我就會放你回家，還會放了你的孩子。我是國王，有這個特權，在全國各地，你都不會受到別人的欺負。」

那個女人撲倒在地上，流著眼淚向天發誓，說她實在沒有這個能力製造暴風雨，要不她一定按照國王的意思去辦，那樣就可以得到國王的恩典。別說國王會放了她們兩個，就算只放了孩子，讓她一個人去死，她也心甘情願。

湯姆又要求了幾次，讓婦人施展魔法，但婦人仍然說她沒有辦法，因爲她根本就不會。最後，湯姆說：

「我想這個女人說的是實話，要是我的母親處在她的地位，和她一樣有著魔鬼的魔法，那她一定會以最快的速度施展魔法，召喚暴風雨的來臨，讓全國都受到災難。因爲這樣不僅可以拯救她，還能拯救她的孩子，我相信天下的母親都會這樣做的。現在你被釋放了，太太，帶著你的孩子離開這裡吧，因爲我認爲你們是無罪的。現在把你的襪子脫掉吧，你已經無罪了，所以也不用害怕會受到懲罰，要是你能引出一場暴風雨，我會重重的賞賜你。」

那個婦人得到赦免的命令後，馬上按照國王的要求行事，湯姆用熱切又有點害怕的眼光看著她，大臣們也露出了幾許不安。婦人把自己的襪子脫掉之後，又把孩子的襪子也脫掉，可是天空依然飄著朵朵白雲，沒有絲毫變化。湯姆失望地歎了口氣，說：

「算了吧，好心人，把襪子穿上，你已經沒有魔力了，放心地走吧。等等，以後要是你恢復了魔力，一定不要忘記我，到時候請你爲我掀起一場暴風雨吧。」

16 御膳

御膳的時刻慢慢接近，但是湯姆卻沒有因此而坐立不安，也沒有恐懼的感覺，那天上午的事情讓他的信心大增，不再畏懼任何事情。他已經在宮裡待了四天，對這個輝煌的皇宮越來越熟悉，比一個成年人待一個月還熟悉，小孩子都有很強的適應能力。

現在我們到宴會的大廳去看看吧，那裡正在為湯姆準備一場派頭十足的御膳。那是一個寬敞的房間，柱子上都塗著耀眼的金漆，牆上和天花板上都畫著精美的圖畫，房間的周圍都有走廊，上面除了一個樂隊外，站滿了許多衣著華麗的平民百姓。房間裡有一個高臺，湯姆的餐桌就擺在那上面。門口站著威武的衛士，他們伸直了腰板，紋絲不動地站著，像雕像一般，身上穿著笨重的盔甲，手裡還拿著一柄長長的戟。還是來看看古代的史官是怎樣說的吧：

一位侍臣拿著權標走進屋子，後面還跟著一個拿著桌布的侍臣，他們恭敬地跪拜了三次之後，拿著桌布的侍臣把桌布鋪在桌子上，然後他們再跪拜了一次退出房間。接著，又進來兩個侍官，一個拿著權標，另一個拿著一隻瓶子，兩隻碟子和麵包，他們像前面兩個人一樣行禮，然後把東西放在桌子上，又行禮之後就出去了。最後進來兩個貴族，其中一個拿著一副嘗味用的刀叉。他們在一番跪拜之後，用桌上的麵包和瓶子裡的水把桌子擦了一遍，然後把刀叉放在桌子上，那莊嚴的神情有如國王就在面前一樣。

莊嚴而複雜的準備工作完成了，這時候，只聽見走廊遠處傳來一陣號角，還有一陣模糊的喊聲：「給國王讓路！給我國最英明的國王陛下讓路！」這些聲音由遠而近，不停地重複著，直到聽見一聲近在咫尺的喊聲：「給國王讓路！」一隊皇家的侍衛走了進來。還是聽聽史官的敘述吧：

走在前面的是侍從、男爵、伯爵、嘉德勳章爵士，都穿著高貴的華服，但全都光著頭。接著走進來的是大法官，他身邊有兩個侍從，一個拿著國王的金牌，一個拿著裝在紅色劍鞘裡的御劍，劍鞘上鑲著金色百合花的花紋。國王這時才走進來，他剛一出現，十二支號和許多鼓手齊響，以此對國王致敬。站在走廊裡的人也齊聲歡呼：『願上帝保佑國王陛下！』國王身邊跟著自己的僕人，左右都有御前侍衛，他的五十名護衛都拿著金色的戰斧。

湯姆在這樣的場景中，心不由得加快了跳動的速度，快樂的情緒在他的眼睛裡呈現。他的舉止很優雅，完全符合一個國王應有的氣度。他聽著旁邊悅耳的聲音，看著眼前的場面，穿著國王的漂亮衣服，完全陶醉在其中。他按照赫德福伯爵的要求，向眾人微微地點頭示意，還感激地說了一聲：「謝謝你們，親愛的臣民們！」

接著他在餐桌前坐下，但他並沒有取下帽子，因爲在國王和康第家裡有一個相同的習慣，那就是戴著帽子吃飯。隨後，國王的僕人分兩排整齊地站著，而且他們都光著頭。

隨著悅耳的音樂聲響起，御前侍衛進來了，有人曾這樣形容他們，「他們是全英國身材最好和力氣最大的人，以前軍隊就是根據這個標準來選拔。」但史官似乎比我們瞭解得更清楚：

御前侍衛們走了進來，他們都光著頭，穿著大紅色的服飾，背上用金線繡著玫瑰花。他們來回走動著，每一次都端來一份精緻的菜肴，僕人們再把菜接過來放到桌子上。試食官把端來的每一道菜都分給僕人們嘗一口，以防有毒。

湯姆很專心地吃飯，但他還是可以感覺到旁邊數不清的眼睛盯著他，直到他把食物送到嘴裡，吞下肚子。這種感覺讓他感到很不自在。但他注意讓自己表現出不慌不忙的樣子，也注意到什麼事情都不親自動手，等著官員們跪下來爲他做。直到吃完這頓飯，他也沒做什麼不符合身分的事，他覺得這一次最成功地完成了當國王的任務。

御膳結束後，湯姆在龐大的侍從隊伍陪同下走了出去，耳朵裡傳來響亮的號角聲，樂隊的鼓聲和群眾的歡呼聲，他覺得御膳的難關算是過去了。因爲御膳的原因，他今天躲過了很多國王必須做的差事，他覺得那些差事都比御膳要難多了。

17 瘋子國王一世

邁爾斯．亨頓急忙趕往倫敦橋那一頭的南市，一面在過往的行人中搜尋，希望能看到他想找的那幾個人，但結果讓他大失所望。他問了好多人，在南市尋找了好久，還是找不到孩子的蹤影，他一時不知道怎麼辦才好。但他還是沒有休息，沒有目的地到處找，一直到天黑都還沒有收穫。夕陽的餘輝灑在南市的街道上，這時候邁爾斯已經又累又餓，兩條腿都跑得浮腫，於是他到一家叫特巴的旅館吃了晚飯，早早地睡下了。他決定養足精神，第二天找遍南市也要把小傢伙找出來。他躺在床上，心裡總是不能平靜，他想：「只要有機會，那個孩子一定會逃出來，那他會不會回到倫敦橋找我呢？他會回到原來住過的旅館裡嗎？不，他不會，他怕回到那裡再次被抓住。那他會到哪兒去呢？他從前沒有朋友，也沒有人可以保護他，直到遇到我邁爾斯．亨頓。我是他的救星，所以他只要逃出來一定會來找我。說不定他會到漢屯去，因為他知道我邁爾斯正準備回家，他想到那裡就可以找到我。」對，邁爾斯認為他有必要到漢屯去看一下。於是，他決定不再在南市停留，明天就穿過肯特郡，向漢屯前進，在路上的森林裡，也許就會有他的消息。

接著，我們來看看被帶走的小國王吧。

那天旅館裡的夥計告訴邁爾斯，那個看起來像流氓一樣的人跟在那個青年後面，正要跟上他們。但實際上他並沒有跟上去，只是緊緊地跟在後面，什麼話也沒說。他的左手用布帶吊著，左眼戴著一塊綠色的眼罩，拄著一根橡木做成的拐杖，走起路來一瘸一拐的。那個青年領著國王穿過南市，走過一段彎彎曲曲的路後，來到郊外的大路上。這時，國王生氣了，他說他不想再走，邁爾斯應該來見他，而不是他去找邁爾斯，他這樣做實在是太無禮了。那個青年說：

「你真不打算再走了嗎？你就讓你那位受傷的朋友躺在那邊的林子裡嗎？隨便你吧，我才不管那麼多。」

國王聽到之後，態度馬上改變，他大聲地說道：

「他受傷了？是誰打傷他的？現在先不管這些，快帶我過去，快點，你腿上灌了鉛嗎？還是你也受了傷？走得太慢了，不管是誰傷了他，就算是公爵的兒子，我也一樣會嚴懲。」

他們很快就走到了樹林裡，那個青年向四周望了望，看見地上插著一根綁著小碎布的樹枝，於是就領著國王向樹林深處走去，一邊走還一邊尋找類似的樹枝。這些像是引路的樹枝，每走一段路就會很快地發現下一根，指引著他們行走的方向。走了很久，他們來到一個空曠的地方，那裡有一座被燒焦的農莊和一個搖搖欲墜的糧倉。青年走進了糧倉裡，國王著急地跟著進去，但裡面什麼也沒有。國王憤怒地向青年瞟了一眼，問道：

「他在什麼地方？」

那個青年發出一陣嘲笑聲，國王聽到後馬上大發脾氣，從地上撿起一段木頭就要向他身上打去，忽然從後面傳來另一陣嘲笑的聲音。這陣笑聲正是那個「看起來像流氓」的人發出的，他一直都跟著他們呢。國王轉過身去，生氣地問：

「你是誰？你怎麼會在這裡？」

「別裝了，」那個人說，「別再惹我生氣了，我的化妝並不高明，你總不至於不認識你的父親吧。」

「你不是我的父親，我根本就不認識你，我是國王。你把我的僕人帶到哪兒去了？快把他給我帶到這裡，要是他少了一根毫毛，我一定會重重地懲罰你。」

約翰．康第毫不理會他的威脅，嚴厲地問他：

「我知道你瘋了，所以我也不想處罰你，但你要是再惹我生氣，我非揍你不可。你在這兒亂說話不要緊，反正沒有人能聽見，要是到了其他地方，你最好給我閉嘴，免得給我惹出麻煩。我殺了人，所以不能再待在家裡，而你也不能再待在家裡了，你得跟著我。現在我改姓了，叫霍布斯，約翰．霍布斯。我也給你改了名字，叫賈克，給我記好了。現在快告訴我，你母親去哪兒了？你姐姐她們又去哪兒了？她們都沒到我指定的地方去，你知道她們在哪兒嗎？」

國王一臉不高興，他說：

「別問我這些亂七八糟的問題，我一點都聽不懂，我的母親早就過世了，我的姐姐們都在皇宮裡。」

領他到這裡的青年聽到之後，笑得蹲在了地上，國王給他一巴掌時，約翰把他擋住了，一面說：

「別笑了，雨果，他的神經有問題，你不要惹他了，他很討厭你這種態度。坐下吧，賈克，安靜地等一會，我會給你東西吃的。」

約翰和雨果低聲地交談起來，國王十分討厭這兩個傢伙，於是躲到糧倉另一邊一個陰暗的地方，看見那裡的地上鋪了一些稻草，就躺在上面，靜靜地想著事情。他有很多事情值得傷心，但他最傷心的就是，他的父親死掉了。在每個人的心裡，亨利八世的名字聽起來都會讓人覺得毛骨悚然，他是惡魔的化身，專給人們帶來災難和死亡；但對於自己的孩子，他的名字卻讓人覺得心情舒暢，它所代表的是滿臉的微笑和慈祥的目光。他回想著和父親在一起的一些往事，眼淚不經意地流了下來，當夜幕即將降臨的時候，因傷心而引發的困倦讓他進入了舒適的夢鄉。

過了很久，他自己都不知道是多久的時間，國王努力讓自己醒過來，在半睡半醒的狀態下，閉著眼睛思索他到底在什麼地方，而剛才又發生了什麼事情。他聽到雨點打在瓦片上的聲音，感到一種清爽的感覺浸透了他的全身，但隨即傳過來的笑罵聲把這種感覺打破了。他懊惱地掀開蓋在頭上的稻草，想知道聲音是從哪裡傳來的，但一幅讓他吃驚的場景映入他的眼簾。在糧倉的另一頭，一堆熊熊大火正在燃燒著。在火堆周圍，坐著一些穿著破爛衣服的流浪漢，有的人東歪西倒地坐著，有的人還趴在地上，火光照在他們身上，看起來就像一群惡鬼。這些人是小國王在書本上從來沒見過的。他們當中有身材高大的男人，皮膚大多因每天的風吹日曬而成爲黑黃色，留著長頭髮，穿著稀奇古怪的爛衣服；也有中等身材、長相兇惡的青年，穿著相似的衣服；還有瞎眼的乞丐，眼睛上戴著眼罩，或是紮著繃帶；還有瘸腿的，裝著木腿，或是拄著拐杖；還有說話粗魯的小販，帶著他的貨品；此外，還有一個磨刀匠，一個補鍋匠，一個剃頭匠兼外科醫生，他們各自帶著賴以維生的行頭。女人中有一些是還沒長大的女孩，也有一些正值青春年華，還有一些年老的婦女，她們的嗓門很大，說起髒話來一點也不害臊，身上穿的衣服不知道多久沒有洗過，沾滿了污垢。另外還有三個臉上生瘡的小娃娃，兩條餓得只剩下骨頭的狗，這是用來給瞎子引路用的。

這些人吃過飯之後就肆無忌憚地尋歡作樂，一個酒瓶子從這頭遞到那頭，弄得酒氣薰天。之後就有些人大聲地吼道：

「蝙蝠和木腿阿三，來唱個歌吧！」

只見一個瞎子站起來，揭掉他的眼罩，丟掉寫著他如何陷入困境的破紙牌，這些都是他僞裝成可憐人的必要道具。木腿阿三也把他那條木腿取了下來，用健全的雙腿站在他的同伴身邊。接著他們就放開喉嚨唱起了民間小調，每當唱到高潮的時候，旁邊的人都會跟著附合。他們都沉浸在歌聲裡，直到最後大家的熱情都達到頂峰的時候，他們全都跟著唱了起來，發出的聲音沖出糧倉，響徹雲霄。其中有一段動人的歌詞是這樣的：

再見吧，我的家，不要忘記，遙遠的路在我們面前；
再見吧，土地，等待我們的是樹上的領結和不醒的長眠。
我們將在夜裡打點行李，在空中搖搖晃晃；
留下我們那些破爛的東西，債主將把它們拿去抵債。

唱完之後，大家就開始說話。他們並不是用賊幫的黑話，因爲只有外人在時，他們害怕別人聽到才會用黑話交談。從他們的談話中可以知道，原來約翰根本不是因爲殺了神父才入夥在這裡的生手，而是以前就在這裡受過訓練的厲害角色。大家都叫他說說最近的情況，當聽說他失手打死一個人時，大家都覺得他做得好極了，當聽到他說出打死的是個神父時，在場的人都鼓掌爲他喝采，他不得不陪在場的每一個人喝一杯酒。老朋友們都歡迎他回到這裡，新朋友也因爲能和他成爲夥伴而感到光榮，在他們的圈子裡就是這樣。當有人問他爲什麼去了倫敦好幾個月都不回來時，他說道：

「倫敦比鄉下好多了，而且還比鄉下安全，但是那裡有很嚴格的法律，執行法律也很嚴格，所以我殺了人就不能在那裡待下去了。我以前是想在倫敦一直待下去，永遠都不回鄉下來，可現在什麼計畫都泡湯了。」

接著他問現在幫裡有多少人，一個叫「幫頭」人回答說：

「溜門子的、二仙轉道的、溜兜兒的、追孫兒的、討百家飯的，加上這些人的孩子和老婆一共有二十五個。在這裡只有一半的人，其他的都往東邊去弄過冬用的東西去了，我們要等天亮了再跟上去。」

他說的話外人根本聽不懂，這就是幫內的黑話：「溜門子」是指到人家屋裡行竊的小偷；「二仙轉道」是指兩個人一起出去行竊；「溜兜兒」是指扒手；「追孫兒」是指跟隨別人行乞的乞丐；「討百家飯」是挨家挨戶行乞的乞丐。他們說的話就算有外人在場，也不會明白到底說的是什麼。

「肉疙瘩去哪兒了？我瞧了好久都沒瞧見。」

「那個可憐的小夥子，今年夏天的時候，也不知道是在什麼地方和人吵架，結果被人打死了。」

「這眞是一個不幸的消息，肉疙瘩可是個狠角色。」

「是啊，他的女朋友貝西現在還在我們幫裡，但現在不在這裡，往東去了。她可是個好女孩，態度是我們幫裡最好的；她也不像我們一樣常喝醉，一週頂多只有四天。」

「她向來都是這樣，我還記得，那是個漂亮的女孩呢，我以前還經常誇她。她和她母親不一樣，她母親喜歡吵架，做事也沒有條理，但天生就很聰明，比這裡的女人都強。」

「是啊，可就是因爲這樣，把她的命都送掉了。她因爲會看手相，還有其他一些算命的本事，漸漸有了名氣，大家就叫她巫婆。後來她犯了事，被判了死刑，是在小火上活活地烤死。那天我去看了，她被綁在行刑臺上時，英勇的樣子讓在場的人都感動了。看著火焰向上升，火苗烤在她的臉上，灰白的頭髮燒得吱吱作響，可是她始終在咒罵她身邊那些看熱鬧的人。我說了她罵周圍的人了嗎？對，說了，就算你再活一千歲，你也不可能聽到罵得這麼好的人。自從她死後，很多人都在模仿她罵人的樣子，但誰也比不上她。」

幫頭停下來歇了一下，旁邊的人聽了之後都流露出沮喪的情緒。看來這些硬心腸的流浪漢們也不是全無感情，他們有時候也會因爲某一件事而傷心難過。比如說這次，他們覺得一個天才的人物離開了，可是沒有留下後人繼承她的絕活，眞是幫裡的損失。這些沮喪的人在痛飲了幾杯之後，就把這件事忘了。

「咱們這裡還有別的人遭到不幸了嗎？」約翰又問。

「有啊，有好幾個呢。比如有一家種田的人，他們的地被人給搶了，變成了牧場，他們就成了無家可歸的可憐人，成天挨餓。他們只有去討飯吃，第一次就被人家抓住了捆在大樹上，然後脫掉衣服，用鞭子狠狠地抽，打得身上血肉模糊。接著又給他們戴上腳鐐，用棍子打。然後他們還是當叫化子，除了這個他們還能幹什麼呢？這次他們不僅被鞭子打，還被人割掉了耳朵。第三次他們又去討飯的時候，被人家拿燒紅的烙鐵在臉上烙上記號，賣去當了奴隸。他們拼命地逃了出來，可是他們又能逃到哪兒呢？還是被抓了回去，活活地絞死了。我說了大概的情況，我們這裡的人還沒那麼倒楣，可是也有不幸的。喂，約柯爾，鐘斯，霍紀，你們快過來，把你們掛的彩都露出來看看。」

被叫到的三個人站了起來，脫掉衣服，露出被打的部分。那上面有以前挨打的道道傷痕，橫七豎八地布滿了整個背部。其中一個人把頭髮撥開，耳朵的地方只剩下光禿禿的一片。另一個肩膀上烙著一個「遊」字，耳朵也少了一隻，他說：

「我叫約柯爾，本是個種田人，本來和妻子兒女過著幸福的生活。但現在他們都不在了，也許上了天堂，也許到了地獄，不管在哪兒，總之我感謝上帝沒有讓他們留在英國。我本來有個好心的母親，她的職業就是專門照顧病人。可是有一次一個病人死了，醫生都不知道他是怎麼死的，於是人家就說她是巫婆，把她活活燒死。我的孩子們當時在一旁看著，傷心得要命。哼，該死的英國法律！大家都舉起酒杯吧，大家都來歡呼，我們要爲英國仁慈的法律乾杯。是它把我母親從英國的苦難裡解救了出去，不管在哪兒都比在英國強，這裡比地獄更糟糕。謝謝大家！謝謝大家和我乾杯，你們都是我的好夥伴！再說我吧，我背著孩子們到處討飯，可是該死的法律規定，在英國餓著肚子也是犯罪，於是把我和孩子們抓住，脫掉我們的衣服，用鞭子抽打我們，還走在三個城市裡遊行。再爲仁慈的英國法律乾杯吧，因爲鞭子吸光了我妻子瑪莉的血，把她從這個人間地獄解救了出去，現在她正躺在亂葬崗上，再也不會受到苦難。還有我那可憐的孩子，當他們趕著我們遊行的時候，他們就餓死在路上。來，喝酒，爲那幾個可憐的孩子喝一點吧，他們可眞無辜啊。後來，我終於討到一點殘羹剩飯，結果他們就給我戴上腳鐐，還割掉了我一隻耳朵。看吧，只剩下這麼一小截。後來我又去討飯，另外一隻耳朵也變成了這樣。可我還是只有討飯，於是他們就把我賣去當奴隸。看到我臉上這塊髒的地方了嗎？要是洗乾淨了這就是一個字，一個『奴』字，這是用烙鐵烙下的。你們都知道奴字的意思吧，就是英國的奴隸啊，看見了嗎？你們眼前這個人就是英國的奴隸，我從主人家裡逃了出來，要是再被抓住，咱們的英國法律一定會把我絞死。」

大家都沉浸在他的故事裡，突然從角落裡傳出一個聲音：

「你不會的，那條法律從現在開始作廢了。」

大家都回過頭，看見國王弱小的身影急忙向這邊走過來。當他走出角落的陰暗時，大家才把他看清楚，然後他們都紛紛問道：

「這是誰家的孩子？他說這話什麼意思啊？你是誰啊，小東西？」

國王在大家驚訝的目光中站著，用王者尊貴的語氣說：

「我是英國國王愛德華。」

大家先是一愣，然後發出一陣瘋狂的大笑，這些人有的是對他表示嘲笑，有的是覺得他這個玩笑開得可眞是時候。國王皺著眉頭看著大家，嚴厲地說：

「你們這些無禮的傢伙，國王爲了你們廢除這條法律，你們就是用這樣的方法表示感謝嗎？」

他還憤怒地說了一些別的話，做了一些生氣的動作，但他的話總是被眾人的嘲笑聲所淹沒。約翰大聲地嚷著，想要讓大家停止笑聲聽他說幾句，過了好一陣，大家才稍微抑制了笑意，聽約翰說道：

「朋友們，這是我的兒子，他是個愛做夢的傢伙，現在他的腦子有問題，你們別理他，他正做著當國王的夢呢。」

「什麼叫做當國王的夢，我本來就是國王，」小國王轉過身去對約翰說，「你遲早會相信的，但要是真到了那一天你可要倒楣，光是你犯的殺人罪就可以判你絞刑。」

「你打算去告我？今天晚上你不要讓我抓到你，要是……」

「喂，你要幹什麼？」幫頭趕忙上前阻攔，他把約翰擊倒，說，「你怎麼可以對國王和幫頭這麼沒禮貌，要是再讓我看到你這樣，我就先絞死你。」然後他轉過頭對國王說，「孩子，別再嚇唬大家了，你到外面可不要再亂說話，更不要把今天我們的談話跟別人提起。你這個不清醒的腦子要是想當國王就當吧，只要你不惹出麻煩就行，但不要再說自己是國王這種話，那會害死大家的。我們雖然都犯了些小錯，但都不是壞人，更不可能背叛國王，我們都敬愛國王。我可以讓你看看我們說的是不是真話，來，大家一起歡呼，『大英國王愛德華萬歲！』」

「大英國王愛德華萬歲！」

呼聲從人群中爆發出來，感覺整個糧倉都震動了。國王臉上露出了欣慰的笑容，他向他們點點頭，用莊嚴的聲音說：

「謝謝你們，親愛的百姓！」

這個意料之外的結果又讓大家笑得直不起腰來，等到大家笑得都沒有力氣的時候，幫頭用嚴肅而和善的語氣說：

「別再說這些了，孩子，這個玩笑可不能開大了，你若非要這麼說才高興，那得換個稱呼才行。」

那個補鍋匠高聲地提出一個建議：

「就叫瘋子一世，傻子國的國王！」

這個提議馬上就受到大家的歡迎，每個人都熱烈地響應著，他們爲這個稱號而瘋狂地吼叫著：

「傻子國國王瘋子一世萬歲！」接著又是一陣喝倒彩的聲音和一陣哄笑聲傳來。

「把他領到這邊來，給他戴上傻子國的王冠！」

「這裡有御袍，快給他穿上！」

「這是權標！」

「請他登上寶座！」

除了這些，還有其他二十多種聲音跟著傳了過來，把可憐的小國王圍在中央。當他還沒來得及喘口氣的時候，就被這些幾近瘋狂的人拿著爛鐵盆當王冠給他戴上了，身上也披著一條爛毯子作爲御袍。他們還把他推拉著來到一隻木桶上，登上了所謂的寶座，又把補鍋匠手裡的木塊，當作權標塞到他手裡。準備好之後，大家都一起在他面前跪倒，用他們那粗糙的大手和骯髒的袖子擦著眼睛，還發出一陣譏諷的哀求聲：

「善良的國王陛下啊，請您開恩啊！」

「高貴的國王陛下啊，請您饒恕我們這些可憐的人吧！」

「請國王陛下踢我們一腳吧，讓我們這些可憐蟲沾沾您的貴氣，以後也就不會再受苦！」

「國王陛下啊，請您把您高貴的御腳在地上踩一下，我們吃下你踩過的土，我們的心也會跟著變得高貴！」

「尊敬的國王陛下，請您在我們身上吐一口唾沫吧，好讓我們的子子孫孫隨時記住您的恩德！」

幽默的補鍋匠在那天表演了最精采的節目，把大家的風頭都搶了過去。只見他跪下來，假裝親吻國王的腳，結果被正在憤怒中的小國王一腳踢在臉上。他被踢了這一腳之後，馬上到處找布片，他說要把被踢的地方蓋起來，那個地方當然要好好保護，不要讓齷齪的空氣接觸到。走在路上的時候，他還可以把布掀開給別人看，每看一次就收一百個先令，說不定還可以因此而發財呢。他的笑話講得很好笑，一時間，成了糧倉裡的明星，受到眾人的追捧。

小國王看著眼前的鬧劇，羞辱的眼淚從眼睛裡迸了出來，他在心裡想著：「要是他們受了什麼冤枉，他們也用不著這樣對我啊！而且我也答應給他們開恩了，這麼大的恩典，他們為什麼不知道報答呢？」

18 流浪的國王

這些粗魯的遊民在黎明的時候就起來，頂著陰沉沉的天和凜冽的寒風，腳下踩著泥濘的小路，向東出發了。一大群人昨晚快樂的情緒早已不再，現在的心情大多煩躁易怒，誰也不去招惹誰，各自趕路。

幫頭把雨果叫過來，給他下了一個命令，把小國王，不對，現在他有一個新的名字，賈克，把賈克交給他照顧。同時還警告約翰離這孩子遠點，不准欺負他，還警告雨果，對這個孩子要溫柔一點。

走了一會兒，天上的烏雲漸漸散開，這群人的心情也開始好轉，不再繃著臉，嘻嘻哈哈地在路上打鬧起來。他們還欺辱路上的行人，人家看到他們都紛紛讓路，不去理會他們的侮辱，因為行人對他們都有一種畏懼的心理。有時他們路過別人家裡的時候，還會把籬笆上掛著的麻布搶走，主人也只有無奈地搖搖頭，不敢有任何的反抗，好像覺得他們沒到家裡來搶劫就已經謝天謝地了。

後來，他們來到一個小農莊，大搖大擺地走進去，叫人家把廚房裡的好東西都拿出來。這個農莊的主人和他的家人們趕緊把食物都搬出來，讓他們享受了一頓豐富的早餐。當他們從農場的主婦和女兒手裡接過食物時，就順手摸一下她們的下巴，還給她們取一些侮辱性的綽號。他們還把吃剩的骨頭往農場主和他的兒子身上扔，害得他們東躲西藏，要是不小心被打中了，就會惹得這群人哈哈大笑。到最後，一個女兒在遭到他們調戲時生氣了，他們就把奶油抹在她頭上。農場主終於挨到他們就要離去的時候，這時他們警告這家人，要是把這件事情傳揚出去，他們就會燒掉這座房子，把全家人都燒死在裡面。

接著他們就一直向前趕路，直到中午才在一個大村子外面停了下來，各自找地方休息。休息了大概一個小時之後，大家就分散開來，向村子裡出發，各憑本事賺錢去了。賈克和雨果被安排一起出去，他們在村子裡轉了個大圈，可是沒有收穫，雨果說：

「我找不到什麼可以偷的東西，這地方眞是窮到家了，咱們就只有去討錢了。」

「咱們？不要把我和你扯在一塊，要去你自己去，你只適合幹那個，我可不去。」

「你不去？」雨果用驚訝的眼神看著他，譏諷地說，「你什麼時候變這麼高貴了？」

「你這話是什麼意思？」

「什麼意思？你不是一出生就在街上討錢的嗎？」

「我？別開玩笑了，你這個糊塗蛋。」

「別在這兒罵人了，省點力氣吧。你父親跟我說你最拿手的就是討錢，不過他可能在騙我，但你也有可能在騙我。」

「是那個硬說我是他兒子的混蛋嗎？別聽他胡說，他最拿手的就是撒謊。」

「算了，別讓你的瘋病玩得太過火，開開玩笑還行，可是別在我面前演戲了。要是我把你剛才說的話告訴你父親，他一定會狠狠地揍你。」

「用不著麻煩你，我自己會告訴他。」

「我很喜歡你這種精神，說眞的，可是你也太沒腦子了，我們挨打的機會本來就很多，你犯不著自己找罪受。別在我面前說謊了，我完全相信你的父親，並不是說我認爲他不會說謊，他是我們這裡撒謊最厲害的人，怎麼會不說謊呢。可是我知道，他不會在這種事情上撒謊。撒謊可是高明的手段，他可不會隨便用，特別不會用在一個有瘋病的兒子身上。好吧，你不願意去討錢也行，可我們總得找點事幹吧，就這樣空著手回去多沒面子。那我們去幹什麼呢？去搶那家人的廚房怎麼樣？」

國王厭惡地說：

「別再和我說這些讓人討厭的話了，我不會和你去幹任何事的。」

雨果這時也生氣了，他說：

「你給我聽著，小子，你不肯去討錢就算了，不肯去搶廚房也行，可是你總得幹一件事吧。這樣吧，我來討錢，你在旁邊裝可憐，這件事要是你還不幹，看我怎麼收拾你。」

國王用輕蔑的眼光看著他，正準備說話時，雨果阻止了他：

「別再說了，有個人走過來，他的樣子看起來很和善，我們就在他身上下手。聽著，現在我裝病，等那個人走過來後，你就跪在地上大哭，然後大喊。你要覺得全世界倒楣的事都發生在你身上，那樣哭起來別人才會感動。你還要說，『啊，先生啊，求求你救救我可憐的哥哥吧，我們從外鄉來，身上一個銅板也沒有，看在上帝的份上，可憐一下這個患了重病，快要死去的人吧。把你的錢丟一個便士給我，上帝將會保佑您的善心。』千萬別忘了，一定要使勁哭，非要他拿出錢來不可，要不我會讓你好看。」

說完，雨果馬上開始呻吟，同時還直向上翻眼珠子，身子搖搖晃晃地向前走。當那個陌生人快要到他身邊時，他慘叫一聲撲倒在地，裝出一副痛苦的樣子，在地上直打滾。

「哎呀，哎呀！」那個好心的陌生人喊道。「痛得那麼厲害，生病了吧？眞是個可憐的人啊，我扶你起來吧。」

「啊，好心的先生啊，您別扶我，我的病只要一發作，就不能碰，要不然就會痛得要命。我的弟弟很清楚我的病發作起來，會有多嚴重，所以他只有站在旁邊著急，不敢輕易碰我。請您給我一個便士吧，善良的先生，您給我一個便士讓我可以買點東西吃，其他的您就不用管了，讓我自己受苦吧。」

「一個便士？我給你三個吧，你看起來太可憐了。」他用同情的眼光看了看他，從口袋裡拿出三個便士。「來吧，可憐的小夥子，把這個拿著，希望這能夠幫助你。喂，小孩兒，快過來，我們一起把你有病的哥哥扶到那邊的房子裡去，那裡有醫生……」

「我不是他弟弟。」國王打斷了他的話。

「什麼！不是他弟弟？」

「啊，聽啊！」雨果馬上呻吟著說，還瞪了國王一眼，「他連他這個親哥哥都不肯認，他也認爲我快要死了，怕我拖累他啊！」

「小孩兒，要是他眞是你哥哥，那你的心腸也太壞了，他簡直都不能動了。再說，他要不是你哥哥，那又是什麼人呢？」

「叫化子和小偷，你給了他錢，可他又扒了你的錢袋。有一種靈丹妙藥可以馬上治癒他的病，那就是給他兩棍，別的你就不用管了，老天會懲罰他的。」

可是雨果並沒有等到人家給他靈丹妙藥，他立刻就爬了起來，飛快地逃跑了，那個先生一直在後面追著他，還一個勁地喊捉賊。國王這時得到一個逃跑的機會，他轉過身向相反的方向跑去，直到他認為脫離了危險才放慢腳步。他看到眼前有一條大路，於是就順著大路向前走，不久就把那個村子甩得老遠。他一邊走一邊提心吊膽地回頭張望，他害怕有人追上來，過了好久才擺脫這種恐懼的心理，換上一種輕鬆的快感。這時候他覺得肚子很餓了，也很疲倦，於是在一個農家門口停了下來，正要上前說話時，後院裡的人看見他那身衣服，就把他粗魯地攆走。

他繼續向前走著，心裡充滿了委屈和傷心，但他一直對自己說，一定不要再嘗試和人說話，他們就憑著這件衣服也不會搭理他。但饑餓戰勝了自尊心，天快黑的時候，他決定再到一戶人家裡看看，也許會受到不同的待遇。這次他比上次更傷心，這家人把他臭罵了一頓，還說如果他再不走，就把他當作遊民抓起來。

黑夜裡，寒氣透入骨髓，國王的腳早已走痛了，但他仍然慢慢地向前走，因為他要是坐下來，身上的破碎片根本抵擋不了寒風的侵襲。他在陰森森的黑暗和無邊的夜色裡前進，這種感覺他以前從未經歷過。每隔幾分鐘，他就會聽見一些聲音由遠而近地飄過來，經過他的身邊，然後遠去，但他卻不知道這些聲音是從什麼地方發出來的，只覺得有一種模糊的影子從他面前飄過，而他認爲這就是所謂的鬼怪。想到這些，不免會讓他害怕，但有什麼辦法呢，只有硬著頭皮向前走去。有時，他也會看見遠處的燈光一閃一閃的，但好像都在離他很遠的地方，遠得就像在另外一個世界；有時，也會聽見掛在羊脖子上的鈴鐺響聲，也是在老遠的地方，斷斷續續的；有時，牛群和狗叫也會順著夜風傳到他的耳朵裡，但都是在遙遠的地方，從天空中飄蕩而來，感覺那麼虛幻。小國王覺得一切的生命都在離他很遠的地方，感覺自己是孤零零的一個人，在一望無際的田野中穿行。

黑夜的世界到處讓他毛骨悚然，他在這個讓他恐懼的世界裡，東倒西歪地前進，有時樹幹上葉子「沙沙」的響聲都會讓他受到驚嚇，因爲這種聲音和正在說悄悄話的人聲很像。後來，他看到一個燈籠裡發出一點微弱的光線，爲了不被別人發現，他趕緊退到陰暗的地方等著。那盞燈籠放在一個後院門口，大門打開著。國王等了一會兒，裡面沒有發出什麼響動，也沒有人出來。他靜靜地站在那裡，眞是太冷了，後院裡一定有好吃的食物，這個誘惑實在很大，後來他終於不顧危險，決定進去看看。他迅速地向裡走，正當他要跨過門檻時，裡面傳出了說話的聲音，他連忙躲向旁邊的一個大桶，蹲在後面。兩個看起來像農場長工的人提著燈籠走進後院，他們一面工作，一面說著話，當他們提著燈籠到處走動時，國王乘機打量著四周的環境。他看見不遠處好像有一個牛棚，他記住方位，準備只剩下他一個人時，就到那裡去。他還見到去牛棚的路上有一堆稻草，他也記住那裡的位置，打算把它們徵用一夜，給大英國王當床鋪。

沒過多久，那兩個人就把工作做完走出後院，把門從外面鎖上，提著燈籠走了。凍得發抖的國王在黑暗中向那些稻草前走過去，把它們抱在手上後，又摸索著向牛棚裡走去。他把一部分稻草鋪在地上，然後把剩下的蓋在身上。雖然稻草又舊又少，還散發著一股難聞的味道，這種味道幾乎讓人透不過氣來，但國王仍然很滿足地躺下，因爲這樣已經比露宿荒野要強得多。

饑餓和寒冷折磨得國王難以入眠，但走了一天的路又讓他疲憊不堪，饑餓和疲憊相互鬥爭，但終究還是疲勞占了上風，他開始打起盹來，進入半睡半醒之中。後來，當他要完全熟睡的時候，突然感覺到有一個東西在他身上碰了一下，他馬上完全清醒了，嚇得直喘粗氣。他對黑暗充滿著恐懼，那個東西碰到他的時候，他從頭到腳全都涼了，心臟也一度停止了跳動。他全身僵硬地躺在那裡，但是又沒聽到什麼聲音，他繼續聽，等了好長一段時間，還是沒聽到有什麼動靜。終於，他又開始打盹，但剛閉上眼，又發覺有一個東西碰了他一下，這個看不見也聽不著的東西眞是可怕。

國王意識到有可能是幽靈在作祟，這個念頭讓他十分恐懼，不知道自己是不是應該離開這個舒適的牛棚，躲開這個可怕的東西。可是，他又能躲到哪兒去呢？這裡一片漆黑，他連大門在哪裡都找不到。那麼難道要待在這裡，整夜受幽靈的折磨嗎？不，他肯定受不了，可是又能怎麼辦呢？對，他只有一條路可走，就是把那個讓他受盡折磨的幽靈找出來消滅掉。

這件事情想起來很簡單，但眞要壯著膽子去尋找，可並不是一件容易的事情。他三次把手伸出去，但都嚇得突然縮回來。其實他並沒有摸到什麼東西，而是覺得好像快要摸到什麼東西，就嚇得不敢再向前摸索。第四次的時候，他再往前摸了一下，他的手輕輕地觸摸到一個又軟又暖的東西，他一下子聯想到這一定是個剛死不久的屍體，連忙把手縮了回來。但是人類的好奇心有一股強大的力量，沒過多久，雖然他心裡仍然充滿恐懼，但他還是鼓起勇氣伸出手向前摸索。接著，他的手碰到一縷頭髮，他打了個冷顫，強迫自己順著那縷頭髮向上摸。這似乎是一根有溫度的繩子，再順著繩子往上摸，他終於摸出了這是一頭老實的小牛。原來剛才他摸到的根本就不是什麼頭髮，也沒有摸到繩子，而是這頭小牛的尾巴而已。

國王想起自己剛才嚇成那個樣子，覺得十分慚愧，其實他大可不必這樣，因爲他害怕的並不是小牛，而是自己幻想出來的一個根本不存在的東西——幽靈。在這個迷信的年代裡，不管哪個小孩遇到他這種情況，都會被嚇得魂不附體。

國王很慶幸他沒有逃跑，而且還發現了這頭小牛。有了這個夥伴和他一起，他也不會再感到寂寞了。自從國王從宮裡出來之後，受盡了虐待，現在他和動物在一起，雖然動物不能跟他說話，但至少它有一顆忠厚、樸實的心。於是，國王決定，以他高貴的身分和這頭樸實的小牛做朋友，他想，小牛一定會在心裡感謝皇恩浩蕩。

小牛離他很近，他一邊撫摸著它光滑而溫暖的背部，一邊在想怎麼利用這頭小牛讓自己的身子更暖和一些。他把鋪好的床鋪移到小牛的身邊，靠著小牛的背睡下，然後再拿了些稻草把他和他的小牛朋友都蓋起來。過了一會兒，國王覺得眞是非常溫暖又舒服，感覺就像是睡在以前威斯敏士特皇宮裡的鵝絨床上一樣。

國王感到高興起來，他不僅擺脫了那些讓人受辱的野蠻人，而且還找到了一個棲身之所，更重要的是，他在如此寒冷的夜裡找到了溫暖。風在外面呼呼地刮著，把後院的樹枝吹得吱吱作響，但這些在國王耳朵裡全都成了音樂，不管寒風怎麼吹，怎麼吼，怎麼在天地間亂闖亂撞，都跟他沒有什麼關係了。他把他的朋友摟得更緊一些，心裡有說不出的滿足。沒過多久，他就進入了甜蜜的夢鄉，這是他出宮以來睡得最香最甜的一個夜晚。

遠處的狗還在不停嗥叫，牛群的聲音還在繼續，狂風依舊刮個不停，同時還伴著陣陣暴雨，但這個大英帝國的國王陛下在熟睡中做著美夢。那隻被抱著的小牛也一樣感到舒服和踏實，它並沒有因爲有個熟睡的國王抱著它就覺得不安。

19 國王與農家

國王一大清早就醒來了，他睜開眼睛，看見老鼠正把自己的胸口當作溫暖的床鋪，在上面熟睡著。也許是國王醒來的時候動了動身子，老鼠受到驚嚇趕快逃跑了。國王笑了笑，說：「可憐的小老鼠，你爲什麼要怕我呢？我跟你一樣落魄，你說一個可憐蟲會欺負另一個可憐蟲嗎？要是我那樣做的話，我就太可恥了。不過你也許給我帶來了好兆頭，我一個堂堂大英帝國的國王，竟然淪落到與老鼠爲伍，那麼這也就預示著我將要好轉，因爲再也不可能比現在更糟糕了。」

他站起來，向帶給他溫暖的小牛說了再見，然後就走出牛棚。他剛一走出來，就聽見了孩子說話的聲音，接著後院的大門打開了，走進來兩個小女孩。她們一進來看見他，立刻停止了說笑，站在那裡瞪著他。她們好奇地打量著他，然後再低聲議論一會兒，又走近一點看他，又低聲議論了一陣。後來，她們大概覺得低聲說話聽不太清楚，於是就大聲討論起來。有一個說：

「他的樣子長得還眞不錯。」

另一個接著說：

「頭髮也很漂亮。」

「可是他的衣服怎麼那樣啊，破破爛爛的。」

「看他那樣子一定是餓到不行。」

她們再走近一點，害羞地圍著國王轉圈，仔細地打量他，那種眼神就像在觀察一種從沒見過的動物一樣。同時，她們也很警惕，似乎害怕眼前的人隨時都有可能撲過來，咬掉她們的手指。最後，她們在他的面前站住，互相拉著手，一面作好防禦的準備，一面用兩雙天眞無邪的眼睛看著國王。然後，她們當中的一個女孩像是鼓足了勇氣，問道：

「小孩兒，你是誰？」

「我是國王。」他用堅定的語氣回答道。

這兩個女孩露出了吃驚的神色，她們睜大眼睛瞪著國王，大約有半分鐘，誰也沒說話。後來，兩個女孩的好奇心使她們打破了沉默：

「國王？你說你是國王？哪兒的國王？」

「英國的國王。」

那兩個女孩對望了一下，眼神裡有掩飾不了的恐慌。其中一個女孩說：

「聽見他說的了嗎，瑪姬麗？他居然說他是國王，你相信他說的話嗎？」

「這話怎麼能相信呢，普麗西？他很可能在說謊呢。普麗西，你聽我說，一句話要是不能讓人相信，那他就是在說謊，你好好想想吧，反正只要是不能相信的話就是謊話。你想不出比我說的更有道理的話來了吧？那就相信我說的吧。」

這個道理讓普麗西找不出半點漏洞，但她還是願意相信面前這個男孩。她想了一會兒，然後堅定地說道：

「你要真是國王，我就相信你。」

「我真是國王。」

於是，這個複雜的問題就這樣解決了，她們沒有再爭論他說的是不是真話，就馬上承認了他國王的身分。兩個好奇的小女孩又開始向國王提問，問他怎麼會到這裡來，怎麼會穿得一點也沒有國王的樣子，問他打算到哪裡去，還問了他許多關於皇宮的問題。國王聽到她們這麼問，就痛痛快快地把他的遭遇講了出來。他感到很高興，沒有人再懷疑他，也沒有人嘲笑他。他講故事的時候情緒很激動，甚至連饑餓都忘記了，而那兩個小女孩也聽得很認眞，對他的遭遇表示出非常眞摯的同情。

當她們聽到他說他已經好久沒吃過東西了，就馬上讓他停止講話，立刻把他帶到自己的家裡，準備爲他弄一頓豐富的早餐。

國王十分感激，他想：「等我恢復了國王的身分，我一定要頒布一道命令，要全國人民都尊重兒童。在我遇到困難的時候，竟然只有兒童才相信我，而那些大人卻自以爲是，把我當成愛說謊的小孩。」

那兩個小女孩的母親見到國王，也聽女兒們說了他的遭遇，心裡想道：「多麼可憐的孩子啊！這麼小的年紀，就一個人在外面流浪，而且還神經錯亂。他一定是因爲受盡了折磨，才幻想自己是國王的。眞是太不幸啦！」她是個寡婦，家裡也很窮，知道餓肚子的滋味，所以對不幸的人都很同情，因此她熱情地接待了國王。她猜測這個瘋孩子一定是從親人和監護人那裡走丟了的，因此她一定要仔細弄清楚他到底是從哪兒來，好把他送回到親人那裡去。她提到附近的村子，但是這個孩子的神色和回答裡，都表明了他對這些村子非常陌生。他所熟悉的只有宮裡的事情，而且只要提到他的父親，就會嚎啕大哭起來。

這位母親沒有問出任何有用的話，但她還是不放棄，準備讓他休息一下再接著問。所以她在做飯的時候，心裡一直琢磨著應該怎樣才能問出他的來歷。她以爲他是牧童，因此就試探著跟他談到牛，但他毫無表情，又談到羊，他還是漠不關心，看來認爲他是牧童這個想法是錯誤的。然後，這位母親又談到了磨坊、織布匠、鐵匠、銅匠等等，還談到了各行各業的人，後面還談到了瘋人院、監獄和收容所，但都沒有結果，孩子對這些事情都沒有任何特別的反應。

這位母親搜腸刮肚地想了又想，想起還有僕人沒有談到。她想，這個孩子什麼都沒做過，那就一定是給誰家裡當過僕人。她把話題引到這上面去，但結果還是讓她失望，這孩子對掃地和生火都沒什麼反應，對擦地板和洗刷的工作也感到十分陌生。這位母親實在想不出還有什麼可以問了，當她不抱任何希望地談到烹調時，沒想到國王立刻變得很興奮。母親高興地想，自己終於把他的來歷弄清楚了，她對自己所採用的方法感到很滿意。

國王正餓得難受，聞到鍋裡散發出的香味，又聽到有人談論吃的，於是打開了話匣子，不停地報出一大堆美味的菜名，而且還說得十分流暢。這位母親聽了之後想道：「我的天啊，他怎麼會知道這麼多名貴的菜？這些只會擺在富貴人家的桌子上啊。哦，我明白了，別看他現在穿得破破爛爛，以前他一定是在皇宮的廚房裡待過。對，還很有可能是在國王的廚房裡打雜，怪不得他總說自己是國王呢！我得試試他。」

她急於想知道自己的推斷是不是正確，於是就讓國王幫忙看著鍋裡的菜，而且還說，只要他願意，再多做一兩個菜也可以。說完，她就帶著兩個女兒出去了。

國王發愁地說：

「古時候，英國有一個國王也被人家吩咐過幹這種事。亞爾弗烈大帝一次被丹麥人打敗之後，也來到一個農民家裡，那個主婦不知道他是國王，就讓他照顧火上的餅。他一邊烤餅，一邊想著國事，結果把人家的餅給烤焦了。現在，別人也叫我做這種事，我做了也不會有損我的尊嚴。好，現在開始幹吧，不過我要盡量幹得比他更好，他把餅燒焦了被攆出去了，我可不想落得同樣的下場。」

事情想起來很容易，但做起來未必都能如願。這位國王和亞爾弗烈大帝一樣，一邊做事一邊想著皇宮裡的事情，結果也和那位國王一樣，把鍋裡的菜燒焦了。幸好那位母親回來得及時，沒讓那份早餐完全焦掉。她把國王罵了一頓，但當她看見國王的臉上流露出難過的神色時，就不忍心再罵他，變得很和藹、很慈祥。

當國王滿足地吃完早餐之後，看起來精神多了，心情也變得很愉快。那個母親起初本來打算拿些殘羹剩飯來招待這個流浪兒，讓他在角落吃去，就像對待其他任何一個流浪兒一樣。但是，因爲剛才她罵了他，她心裡感到很後悔，所以想盡力補償點什麼，於是就讓他跟她們坐在一起吃完這頓早飯。在她看來，這是給了這個孩子莫大的恩惠。

但國王卻不這麼想，他想到自己把別人拜託給他的事情弄得一團糟，感到十分內疚，所以才勉強讓這家人跟自己坐在同一張桌子上吃飯。否則他本來打算自己獨占整張桌子，讓那位母親和她的女兒在一旁服侍，就像他在宮裡一樣。

吃過早飯之後，這位母親就叫國王幫忙洗盤子。這讓國王感到莫大的屈辱，正想拒絕的時候，他忽然想到：「亞爾弗烈大帝既然替人家看餅，要是叫他洗盤子的話，他也一定不會反對的，既然這樣，那我也來試試吧。」

他洗得非常糟糕，這一點他之前倒是沒有想到。他原本以為洗這些木頭湯匙和木頭盤子是很容易的事，沒想到這麼麻煩。過了很久，他終於洗完了。那位母親又叫他跟兩個小女孩一起削蘋果，但國王削過的蘋果差不多只剩下核了，於是她就不再讓他幹這個，又拿出一把菜刀叫他去磨刀。磨完刀之後，她又叫他給羊梳理羊毛。

她不停地給他一些零星的事做，他也很認眞地做了，還做得很好。國王覺得他現在已經很了不起了，已經大大超過了亞爾弗烈王，將來在歷史故事裡一定會流芳百世，所以他覺得做這麼多已經足夠了，就打算向這家人辭行，但不知道該怎麼開口。吃過午飯之後，這位母親讓他把一筐小貓拿去淹死時，他就打算趁這個機會不辭而別。就在這時，他看見約翰・康第和扛著小販包袱的雨果向這邊走了過來。

這兩個壞蛋並沒有看見國王，他們走進了一個農家的院子。國王害怕又被他們抓住，決定立刻逃跑。他提起那一筐小貓跑了出去，把小貓放在外面的一棵大樹下，匆忙地鑽到後面的一條小巷子裡去了。

20 國王與隱士

國王用盡所有力氣，一個勁地向遠處的一個樹林跑去。他一直不敢回頭看，等到他鑽到樹林深處時，才大著膽子回過頭去看了一眼，卻一眼就看到遠處有兩個人影。他來不及多想，又趕快向前跑去，一直跑到樹林深處，覺得這裡應該很安全，才敢放慢腳步。他仔細地聆聽，林子裡除了寧靜還是寧靜，沉悶得讓人心裡發慌。過了很久，他好像又聽到一些聲音，不過這些聲音似乎都從很遠的地方傳來，而且都不像是眞正的聲音，就像幽靈在天空中呻吟一樣。聽著這些聲音，國王覺得比剛才的寂靜還要可怕一千倍、一萬倍。

他本來打算就在這裡坐著休息，等明天再繼續趕路。但沒有多久，一股寒氣侵入他的身體，他不得不站起來繼續向前走，希望藉著運動來讓身子覺得暖和。他一直向前走著，想找出一條大路來，但走了好久都沒有找到。他越往前走，光線就越陰暗。後來，國土發現天色已經暗下來了。想到要在這個可怕的地方過夜，他不禁打了一個冷顫，加快速度跑了起來，希望能早點離開這裡。但事與願違，天色已經暗得看不清路，他不是被樹根絆倒，就是被荊棘鉤住，根本快不起來。

後來，他終於看見一道亮光，這是多麼讓人高興的事啊。他謹慎地走近亮光，並且不斷地向四周張望，看看有沒有什麼異常。走近了他才看清楚，那道光是從一間小房子的窗戶裡射出來的。他正在猶豫要不要進去，忽然聽到裡面傳來聲音，把他嚇了一跳，於是決定還是趕緊離開爲妙。但是他馬上又放棄了這個念頭，因爲他聽清楚了那是祈禱的聲音。

他悄悄地來到窗子外面，踮起腳尖向裡面張望。這是一間很小的屋子，地面的泥土是天然的，長期的踩踏讓地面變得結實，一個角落裡有一張鋪著燈心草的床鋪和一兩條破毯子，旁邊還有一隻水桶、一隻杯子、一個盆子、兩三個罐子和炒菜用的鍋，還有一個矮小的凳子和一個只有三條腿的凳子。灶裡有一堆燃燒著的柴火，有一枝點燃的蠟燭放在神龕上。神龕的前面跪著一個老人，在他旁邊擺著一隻舊木箱，木箱上擺著一本書和一顆人頭骨。這個老人的身材高大而瘦削，穿著長度一直到腳後跟的羊皮長袍。他的頭髮和鬍子都很長，而且是雪白的。

「這一定是一個聖潔的隱士！」國王心裡想道，「我遇上他眞是幸運啊。」

隱士祈禱完畢之後站了起來，於是國王走過去敲門。

一個深沉的聲音回答道：

「請進，但是要把你的罪惡留在身後，因爲你將要踏上的是一片聖潔的土地。」

國王推開門走進來，站在門口。隱士用他那炯炯有神的眼睛望著他，問：

「你是誰？」

「我是國王。」回答的聲音堅定而簡單。

「歡迎，國王陛下！」隱士很驚訝地喊道，然後又連忙收拾了一陣，一面說著「歡迎，歡迎！」他把那張矮小的凳子擺好後請國王坐下，又到灶裡添幾把柴火，興高采烈地走到國王身邊。

「歡迎！許多人都想到這個聖潔的地方求得神靈保佑，但他們都沒有資格，我把他們都趕走了。而你，一個國王，卻不惜放棄王位，放棄那些可笑的富貴，穿著破爛的衣服來到這裡，爲了讓心靈保持聖潔，而寧願讓肉體受到折磨。我覺得你這種人是可貴的，應該受到歡迎！我決定讓你在這裡一直住下去，直到死爲止。」

國王想打斷他的話，解釋他爲什麼到這裡來。但隱士根本不理睬他，也許是他根本沒聽見，繼續說著他的大道理，聲音還越來越大，興致也越來越高：「你在這裡一定能享受到平靜的生活，上帝既然讓你放棄了當國王虛幻的生活，就不會讓人得到你在這裡的消息，那些人只會害你回去過無聊的日子。你在這裡可以祈禱，也可以研究《聖經》，還可以想像來世的崇高生活；在這裡你可以看透人類的愚蠢，在這裡你可以吃乾麵包皮和野菜，每天用鞭子抽打自己的身體，以求得靈魂的純潔。對，你還可以只穿一件馬毛編成的貼身衣服，你可以只喝白開水，這樣你一定會獲得安寧。是的，一定會的。以後無論誰來找你，我都會讓他空手而歸，決不讓他找到你，也不會讓他騷擾你。」

這位老人不停地走來走去，聲音漸漸小了下來，開始低聲地自言自語。國王這時才有機會開口說話，滔滔不絕地講起他最近的遭遇，語調因爲激動和恐懼而變得顫抖。但隱士似乎沒有聽到他的話，繼續低聲自言自語。後來，他一面低語，一面向國王身邊走來，用激動的語氣說：

「噓！我告訴你一個秘密！」他彎下腰正想說出這個秘密時，又突然停住了，側著頭仔細地聽著外面有沒有響動。這種姿勢保持了一兩分鐘後，他躡手躡腳地走到窗前，把頭伸出去，向樹林深處張望。然後，他又躡手躡腳地走回來，貼近國王的耳朵，低聲地說：

「我是個大天使啊！」

國王猛地一驚，心裡想道：「上帝保佑我，還是讓我跟那些兇徒和乞丐待在一起吧！我寧願跟他們在一起，也不願意被一個瘋子困在這裡！」他的臉上流露出恐懼的表情。

隱士用低沉的聲音繼續說道：

「你的臉上露出了敬畏的神色，這很好。無論誰來到這裡，都會受到影響，因爲這是天使的世界。你要知道，一眨眼的工夫，我就可以到天上去。我成爲大天使，還是在五年前，上帝派了一些天使到這裡，特地把這個光榮的職位授予我。天使們來到這裡，他們身上散發的耀眼光輝把整個屋子照得通亮，然後他們向我跪下。國王，眞的，他們眞的向我跪下，因爲他們都敬佩我。我到過天堂的神殿，還和先知們說過話。來，摸摸我的手吧，別怕，摸一下。好了，現在你摸了我的手，就等於和亞伯拉罕、以撒和雅各握過手了。我在黃金的聖殿裡走過，還親眼看見了上帝！」

突然，他停止了說話，臉色也突然變了，加重了說話的力度：「是的，我是個大天使，我只是個大天使而已，而我本來是可以當上教皇的。你相信嗎？這是眞的！二十年前，我在夢中聽天上的人這樣講的。啊，眞的，我可是要當教皇的人，我就應該當教皇，因爲上帝這樣說過。可是，國王逼我解散了教會，讓我落得一個無家可歸的命運，還讓我失去了當上教皇的機會！」接著，他又開始嘰哩咕嚕地喃喃自語，還不時用拳頭猛敲自己的額頭，還生氣地跺腳，有時還會發出一陣咒罵的聲音，有時又很傷感地說：「就因為這樣，我才只成了一個大天使，我本來是可以當教皇的。」

就這樣，他一直說了一個小時，可憐的小國王也只有靜靜地坐在一邊聽著。後來，這個老人的憤怒消失，開始變得和藹可親。他從那個幻想的世界醒了過來，說話的音調也變得柔和、親切而自然。

國王很快就忘記了他剛才的無禮，開始對他有了好感。這個老人把孩子叫到離火堆更近一點的地方，讓他更溫暖，還用他那雙布滿皺紋的雙手，給小國王身上跌傷和擦傷的地方塗上藥酒，然後就開始給他準備晚餐。他一直在和小國王聊天，不時地伸手摸摸他的臉，或是拍拍他的頭，表現出來的是一種非常真誠的關懷。頃刻間，國王因為大天使而受到的驚嚇和恐慌，變成了對老人尊敬的感情。

他們兩人在吃飯的時候，一直維持著這種愉快的氣氛。後來，老人在神龕前做完祈禱之後，就讓國王到隔壁的一間屋子裡睡覺。他把被子給他蓋好，並親吻了他一下，然後才離開了。回到爐火旁邊，老人若有所思地撥弄灶裡的柴火。過了一會兒，他放下柴火，用手指在腦門上輕輕地敲打著，好像在努力回憶一件重要的事情。後來，他突然跳了起來，走進國王睡覺的屋子裡，說：

「你是國王嗎？」

「是的。」國王已經很睏了。

「哪個國家的？」

「英國的。」

「英國的？那麼亨利死了吧。」

「是啊，我就是他的兒子。」

老人的臉上露出了兇惡的神色。他站在那裡，不停地喘著粗氣，一連咽了好幾次唾沫，然後才說道：

「你知道嗎？就是他把我趕了出來，我才流落到這裡，成了無家可歸的人。」

國王沒有回答，老人彎下腰去，聽見那個孩子平穩的呼吸聲。

「他睡著了，還睡得很香呢。」老人又冷冷地說道，「哼，他在夢裡一定很開心吧。」

他直起身來，在屋裡東翻西翻，彷彿在找著什麼東西。他一邊找，一邊不斷地向四處張望著，還不時向床上瞅瞅。終於，他找到了他所需要的東西，一把生銹的舊屠刀和一塊磨刀石。然後他又回到爐子旁邊，輕輕地坐下來，在石頭上磨著那把刀，嘴裡還喃喃自語，說著一些憤怒的話。

風在房子外面繼續吹著，不時從遠方飄來一些可怕的聲音，老鼠家族的成員也從各個地方鑽了出來，用它們那賊亮的眼睛盯著這個老人。但是老人只是一心一意地工作，絲毫也不關心這些事情。

每磨一段時間，他就用大拇指摸一摸刀刃，然後點點頭。「要磨利一些，」他說，「是的，要磨得利一些。」

時間很快過去，但他沒有在意，只是靜靜地繼續工作，並沉浸在自己的想法當中，自言自語地說道：

「他的父親把我們害得這麼慘，把我的前程都毀了，現在他下了地獄，是的，下了地獄！可惜的是，沒能讓我親自懲罰他，可這是上帝的意願啊！是啊，是上帝下的旨意，我能說什麼呢？但他逃不開地獄的烈火，是的，逃不過的，那種火絕對不會留情，會在他的身上永遠燃燒。」

他就這樣一面說著話，一面把刀磨了又磨。有時，他會發出一陣陰冷的笑聲，有時又會突然冒出一句話來：

「這些事都是他父親做的，因爲他，我才只當了個大天使，要不然我可以做教皇的。」

國王翻了一個身，老人見了，便輕輕地走到床邊，跪在地上，把那把磨得明晃晃的刀舉了起來。國王好像又動了一下，並睜開眼睛，但他並沒有完全從夢中醒過來，因此什麼也沒看見，很快又重新閉上了眼睛，恢復了平穩的呼吸。

老人在床邊待了一會兒，手裡舉著刀，幾乎連呼吸都屏住了。過了一會，不知道爲什麼，他又把手放了下來，向外面的屋子走去，一面說道：

「現在已經黎明了，萬一被他發現叫了起來，又剛好有人路過，那會壞了我的大事。」

他在屋子裡轉來轉去，撿了一些碎布條，把它們接在一起，然後再回到床邊，小心翼翼地把國王的雙腳捆了起來。他的動作很輕，因此並沒有驚醒國王。然後，他又想去捆住那兩隻手腕，但是國王的手老是動來動去，一會兒抽開這隻手，一會兒又抽開那隻手，讓老人弄了半天，也沒把國王的手捆好。最後，他好不容易才終於成功了。

老人又把一條碎布從國王下巴底下繞到他的頭上來，用力地綁上，打好結，結打得很緊。國王睡得很熟，仍然沒有被驚醒。

21 亨頓救駕

老人又彎著腰走開了。他到外面的屋子裡把凳子搬來，坐在床邊，身子有一半在陰影裡，有一半在光線中。他用那雙深陷的眼睛望著熟睡的國王，靜靜地看著他，絲毫沒有注意時間漸漸過去。他一面輕輕地磨著刀，一面低聲地喃喃自語。他的神色就像隻吃飽了的大蜘蛛一樣，正滿意地看著粘在網上的蜻蜓做垂死掙扎。

這時，這個老人正瞪大眼睛望著床上，但他什麼也沒看見，因爲他正陷入幻想之中。過了很久，他突然回過神來，看見這個孩子正睜著眼睛望著他，目光直直地望向他手裡的刀。老人露出了一陣微笑，他一邊繼續磨著刀，一邊問國王：

「亨利八世的兒子，你做過禱告了嗎？」

國王拼命地想掙脫布條，因爲被布條拴住了下巴，他的嘴張不開，只能發出一點沉悶的聲音。老人把這點聲音當作是對問題肯定的回答。

「那麼你就再做一次禱告吧，臨死前再給你一次禱告的機會！」

國王嚇得一身冷汗。他臉色慘白，不斷地掙扎，拼命地拉著手腳上捆著的布條，想掙脫布條的束縛。但是，他的努力都是徒勞無功的。那個老人一直望著他笑，還不斷地點頭，手裡繼續磨著他的刀，說道：「時間很緊迫呢，現在已經是黎明了，我應該趕緊一點，快做臨死前的祈禱吧。」

國王發出了一聲絕望的呻吟，停止了瘋狂的掙扎。他只是一個勁地喘氣，然後眼淚流了下來。國王可憐的模樣並沒有引起老人的同情，他冷冷地笑著，用力地磨著刀。

黎明已經到來。老人兇惡地大聲喊了起來，聲音裡夾雜著幾分不安：

「我不能再欣賞國王這種無助的表情了，黑夜已經過去，好像只有一袋煙的工夫。眞的，過得太快了，我多麼希望這一夜能有一年那麼長啊。亨利的兒子，你害怕嗎？哈哈，要是害怕，那你就閉上你的眼睛……」

剩下的話已經變得模糊，不過這已經不重要了，老人跪在地上，手裡拿著刀，向正在呻吟的國王慢慢地刺下……

突然，房屋周圍傳來說話的聲音。老人一驚，刀掉在地上，他隨手把一件羊皮襖蓋在國王的身上，戰戰兢兢地站了起來。外面的聲音更大了，聲音粗魯而憤怒，還傳來打鬥和求饒的聲音，接著又傳來一陣急促的腳步聲。房屋的木門被人猛烈地敲打著，還有人不停地喊道：

「喂，開門，快開門，快快快，趕快開門！」

啊，這個熟悉的聲音，國王覺得最悅耳的音樂也比不上這個聲音來得好聽，因爲這是邁爾斯・亨頓的聲音啊！

老人咬牙切齒地從臥室裡走出來，還把小房間的門關上。接著，國王就聽見外面傳來老人和邁爾斯的對話：

「向您致敬，尊敬的神父！那個孩子在哪兒呢？我的那個孩子。」

「孩子？什麼孩子？」

「什麼孩子？別想騙我，神父先生，你是騙不了我的，而我最討厭騙我的人。在這附近，我抓到兩個壞蛋，而他們就是從我這裡偷走那個孩子的人，他們說孩子又跑掉了，他們跟著他的腳步追蹤他，一直到了這間屋子的門口。現在你沒話說了吧，他們連他的腳印都指給我看了，你最好跟我說實話。神父先生，我告訴你，要是你現在不把他交出來，我就……快說，孩子在哪兒？」

「啊，威武的先生啊，我想您說的大概是在我這裡住了一晚的那個小瘋子吧，他穿得破破爛爛的，還自稱是國王呢。只有您這種好心的人才會如此關心這個孩子。好吧，我告訴你，我讓他出去為我辦點小事去了。放心，他很快就會回來的。」

「要多久？到底要多久？快說，別再浪費我的時間，我能追上他嗎？他出去多久了？」

「您不用去追，他很快就回來了。」

「好吧，我就相信你的話，在這裡等著。等等，你先別走，你讓他出去幹什麼了？你一定是在說謊，以他的個性，他是不會去的。快說，你把他怎麼了？你要是眞叫他去幹什麼事情，那他肯定會把你這把鬍子給拔掉。謊言這麼快就被拆穿了，朋友，我看你還是說實話吧，那孩子是不會為你去幹任何事情的，不管誰叫他去都不可能。」

「隨便什麼人？是的，他一定不會幹，可是我並不是個人啊。」

「什麼？那你是個什麼？」

「這是個秘密，我告訴你，你千萬不要告訴別人，我是個大天使。」

邁爾斯・亨頓瞪大眼睛大叫了一聲，他知道這樣不禮貌，但他實在控制不了自己的情緒。他接著說：

「我就納悶他為什麼這麼聽話，以前他是絕對不會動手去伺候別人的，因為那些都是凡人。不過你是大天使啊，他當然要聽你的話。讓我去……噓！你聽，那是什麼聲音？」

他們說話的時候，國王一直在隔壁聽著，一會兒他嚇得發抖，一會又充滿希望。他一直用力發出呻吟，希望能把這點聲音傳到隔壁，讓邁爾斯・亨頓聽見，不過很可惜，他的呻吟邁爾斯・亨頓並沒有聽見，至少，並沒有引起他的注意。後來，國王終於聽見邁爾斯說了一句話，那句話就好像是一陣帶來生命氣息的微風，吹向一個即將死去的人。於是國王馬上又恢復了精神，拼命地叫了一聲。正在這時，老人說話了：

「聲音？是風聲吧。」

「也許眞是風聲，對，一定是，我一直都聽見這個聲音在響……聽，又在響了！這肯定不是風聲，這個聲音眞是奇怪，喂，我們得找出這個聲音是從哪兒發出來的。」

這時國王眞是高興極了，他用盡最後的力氣扭動著身軀，而他被綁住的嘴也盡量發出聲響。但國王聽了老人說出下面這兩句話後，停止了所有的努力：

「啊，那是外面傳來的聲音，我想是從那個林子裡傳過來的。走吧，我帶你過去。」

接著，國王就聽見這兩個人一面說著話，一面向外走去。他們的腳步聲越來越遠，直到再也聽不見。屋子裡又只剩下他一個人，周圍充滿了可怕的死寂。

終於，他再次聽到腳步聲，這個時候，他感覺已經過了好多年。這次他還聽到另一種腳步聲，喀噠喀噠的蹄聲。然後他聽見：

「我不能再等下去了，我不能再耽誤時間，他這麼久了都還沒回來，一定是在這個樹林裡迷路了。他往哪個方向走了？快說，快告訴我。」

「他……等一下，我帶你去吧。」

「好吧，好吧，這樣也不錯，沒想到你的心腸還不錯，眞的，你是我見過的大天使中，心腸最好的。你要騎驢嗎？你要騎我給那孩子買的這頭小驢呢，還是願意跨上我這頭壞脾氣的驢呢？我被賣驢的老闆騙了，這頭驢就算讓我拿一個銅板買也是不划算的。」

「不，不用，你騎上你的驢，然後再牽著這頭小驢走吧，我還是覺得走路好一點。」

「那麼，就請你幫幫忙，把這頭小驢牽好，讓我來試試，看能不能騎上這頭大驢。」

國王馬上聽見一陣亂踢亂蹦的聲音，接著，又聽見一陣打罵的聲音。最後，好像是那頭驢被狠狠地罵了一通，驢子可能被嚇到了，再也沒有發出抗拒的聲音。

小國王聽見各種說話聲和腳步聲都漸漸遠去，直到聽不見了。他的心裡有說不出的難受，絕望地感到自己一定得死在這裡。「我唯一的朋友被騙了，再也沒有人會來救我，」他在心裡想道，「老傢伙要不了多久就會回來，他會……」想到這裡，他心裡就發毛，又開始拼命地掙扎，沒過多久，他就把身上蓋著的羊皮襖給甩開了。

這個時候，門突然打開了，這個聲音嚇得他連骨髓裡都像結了冰一樣，他好像已經看到脖子上架著的刀。恐懼讓他閉上了雙眼，但他又覺得這樣一來似乎更加可怕，於是又睜開了眼睛。讓他意想不到的是，出現在眼前的卻是約翰・康第和雨果。

要是他的嘴沒有被捆住，那他一定會大叫「謝天謝地」。

一兩分鐘以後，他被捆住的身體就被解開了，約翰和雨果一人抓住他的一隻胳膊，架著他鑽出了樹林。

22 詭計下的犧牲者

傻子國國王「瘋子一世」又和這些遊民們一起流浪了。他成了這群人裡被奚落的對象，要是幫頭不在，他還會受到約翰和雨果的欺負。其實在這裡，也只有約翰和雨果眞正討厭他，其他的人都很喜歡他，大家都覺得他很勇敢，很有氣魄。

幫頭一直讓雨果照顧國王，剛開始的幾天裡，雨果老是給國王出很多難題，而每到晚上，大家都回來圍著火堆狂歡的時候，他又會裝出十分不小心的樣子，給他一些小小的侮辱，逗得大家哈哈大笑。有兩次，他都「偶然」地踩到國王的腳，而國王卻只是輕蔑地裝作什麼也沒發生，他不屑以皇家高貴的身分和他計較。第三次的時候，雨果準備再以同樣的方法逗樂時，國王從身邊抽出一根棍子，把他打得趴在地上，看熱鬧的人群樂得直拍手。雨果又氣又惱，順手拿起一根棍子，向眼前的小對手撲過來。大家見狀立刻把他們圍在中間，還有人在一旁爲他們的輸贏打賭。雨果顯然不能占到一點便宜，他舞動木棍的手法那麼笨拙，怎麼比得上一個經過名師指點的高手？國王可是經過全歐洲最優秀的武術老師指導過的。國王昂著頭站在一邊，眼睛機警地望著對手，輕鬆地躲開雨果密集的棍子。他當然不會一直處於被動的地位，很快他就找到一個空隙，給了雨果當頭一棒，把他打得暈頭轉向。

那些旁觀者吃驚地望著國王，他們誰也沒想到在這裡竟然會有如此的高手，一時間，全場的喝彩聲和嘲笑聲四起。十五分鐘之後，雨果已經被打得沒有還手之力，就像從戰場上敗下陣來的敗將一樣，不斷地受到眾人的奚落和嘲笑。大家把國王高高地舉起，讓他站到他們的肩膀上來，這是幫裡最高的榮譽。他們還煞有其事地封他一個「戰鬥王」的稱號，接著宣布了一條命令，以後不許再叫他小瘋子，要是誰犯規，都會受到嚴厲的懲罰。

其實這些人是爲了讓國王以後爲幫裡效命，因此才對他這麼熱情的。但國王對這些一點興趣也沒有，成天只想著應該怎麼逃跑。有一次，他被人推進一個沒人看守的廚房裡，讓他在裡面偷點東西出來。可是最後，他不但空著手出來，還差點把這家的主人給引來了。後來，幫頭又讓他跟補鍋匠一起出去，補鍋匠讓他幫著做點事時，他不但不做，還拿著木棍把補鍋匠追得滿街跑。還有一天，雨果帶他出去，讓他陪著一個生病的女人和一個孩子出去討錢，結果可想而知，他是不可能聽從這些人的安排的。後來，雨果和補鍋匠都認爲，帶著他眞是件累人的事，每天光是提防他逃跑都會讓他們筋疲力盡；而且只要誰叫他去幹什麼事情，他都會擺出皇家的架子，大發脾氣。

這樣過了好多天，國王厭倦了這種流浪的生活，越來越不能忍受這種顚簸的日子。他們一直把他當作囚犯一樣看管，這讓他覺得自己雖然逃離了老人的屠刀，但像這樣生活著，他的死期也不遠了。

一到了夜裡，他就會在夢中回到皇宮，坐上寶座，當上國王。醒來之後，他回想夢裡的情景，再想到自己目前的處境，就會陷入深深的痛苦當中。

雨果被國王打倒之後，他一直在心裡琢磨著他的復仇計畫，爲此，他還專門想出了兩個辦法。第一，他要盡可能地欺辱這個孩子，把孩子驕傲的心踩到谷底。要是這樣不行，那他就用第二個辦法，把某種罪行嫁禍給國王，然後就可以看著官府的人把他捉走。

他準備先用第一個辦法。他提議在國王的腿上弄一塊招財，這一定會給他帶來莫大的恥辱。等這個招財能騙人的時候，就讓約翰幫忙，強迫國王到馬路上把它露出來，作爲討錢的工具。招財是句行話，指的是人工假造的瘡。那是用乾石灰、肥皀、鐵銹和漿糊做成類似藥膏一樣的東西，然後塗在一塊牛皮上，再把這塊牛皮捆在腿上，這樣腿上的皮膚就會很快脫掉，裡面的肉也會變得粗糙難看。只要在腿上再隨便抹一點血，當血乾透時，就會呈現出黑紅色，在上面隨便捆一塊爛布，看起來就會像是眞的生瘡了一樣。

雨果找來曾經被國王用棍子追趕的補鍋匠，對他說出了自己的計畫。補鍋匠聽了之後，一臉的興奮，便跟他一起來設計應該如何完成這個計畫。第二天，孩子剛一出門，就被這兩個人推倒在地。補鍋匠把他按在地上，雨果馬上拿著早就準備好的藥膏捆在國王的腿上。

國王大發脾氣，一直在罵他們，還說，只要他一回皇宮，第一件事就是要絞死他們兩個。不過這些話對他們根本起不了作用，他們牢牢地抓著他，不去理會他的威脅，實際上他們根本就不把他的威脅當一回事。

藥膏很快就開始腐蝕國王的皮膚，兩個人得意地想著只要一切順利，要不了多久，他們就可以看到滿意的結果了。可是偏偏這個時候，有人來破壞了他們的好事。這個人是以前大罵英國法律、臉上被烙字的奴隸約柯爾，他推開了雨果和補鍋匠，一把扯下了捆在國王腿上的藥膏。

國王想向約柯爾借一根木棍，他要當場教訓這兩個壞蛋，把他們打得滿地找牙。但是約柯爾卻不同意，他說這樣會惹出麻煩，還是等晚上大家都在的時候再說吧。當他們三個人回到住的地方時，把這件事告訴了幫頭。幫頭聽了之後，決定不再讓國王去討錢，因爲他完全有能力完成難度較高的任務。於是就把他從最低級的指導下乞丐，提升爲小偷。

這個結果正是雨果求之不得的，他本來就想叫國王去偷東西，只是一直沒有得逞，這次可是幫頭發出的命令，國王可不能再反抗了。當天下午，雨果就給了國王一個行竊的任務，他希望在行竊的時候，神不知鬼不覺地把一件罪名嫁禍給國王，好讓他被關到牢裡去。他告訴自己說，幹這件事可得分外小心，因爲現在國王在幫裡深得人心，如果有人知道是他害國王落到如此下場，那他的下場也不會好到哪兒去。

主意打定之後，雨果就帶著國王到附近的一個村子裡去。他們不停在街上來回地轉悠，走過了一條街又一條街。雨果一直在尋找機會去完成他的計畫，而國王也在尋找機會，尋找一個可能逃離這種日子的機會。

在遊蕩的時候，雨果本來有機會嫁禍國王，但他沒有十足的把握，因此不敢放手去做。而國王也有好幾次逃跑的機會，但也因爲不敢冒險而放棄了。

雨果眼裡的好機會終於出現。一個女人提著籃子走了過來，籃子裡裝著鼓鼓的一包東西。他眼睛裡閃出狡詐的目光，一面暗自高興，一面想道：「這可是個好機會，只要把這女人的東西偷到他的手上，那我就可以和他說再見了，戰鬥王，你就要倒楣了。」他站在一邊，表面上看起來很冷靜，其實心裡卻激動極了。當那個女人從他們身邊走過去時，他低聲地對國王說：「你在這兒站著，等我回來。」然後就向那個女人身後跑了過去。

國王心裡也很高興。他想，只要雨果跑遠了，那他就可以很輕鬆地逃掉了。

不幸的是，事情並沒有按國王想像的那樣去發展。雨果偷偷跑到那個女人身後，把她手上的東西搶了過來，然後快速地塞進肩膀上搭著的一塊破毯子裡。女人覺得籃子一下子變輕了，立刻就反應過來，知道自己的東西被偷了。她還沒來得及看清楚周圍有些什麼人，就拼命地大聲叫「抓賊」。

雨果跑回國王身邊，把偷來的東西塞到他的手上，然後轉身就跑，一面跑一面對王子喊道：

「你跟著追我的那群人一起跑，在嘴裡跟著喊捉賊，但千萬不要把他們引向我跑的方向。」

雨果飛快地繞過前面的牆角，順著那條又窄又髒的小巷子跑了過去。過了一兩分鐘，他又從那裡鑽了出來，裝出一副事不關已的樣子，靠在邊上看著事情的發展。

他看見國王把包著贓物的毯子丟在地上。正在此時，那個女人追了過來，背後還跟著一大群看熱鬧的人。女人一把揪住國王的手腕，然後拾起丟在地上的東西，對著他破口大罵起來。國王使勁想掙脫她的手，但那個女人的力氣實在很大，他怎麼也掙脫不了。

雨果感到非常滿意了，他討厭的人已經被人抓住，很快就會被送到官府去。他終於報了仇，可以高高興興地回到住的地方。他一面走一面在想，現在唯一的問題就是，要怎麼樣告訴幫頭這件事情呢？

國王在女人手裡繼續掙扎著，他不時地叫道：

「快放開我，你這個笨蛋，我才不會要你這點不值錢的東西呢。」

圍觀的人群越來越多，大家都在罵國王。一個強有力的鐵匠圍著皮圍裙走了過來，他把袖子挽到胳臂上，正要伸手過來抓他，準備好好教訓這個小小年紀便不學好的小孩。這個時候，一把長劍劃過天空，落在這個人的胳臂上。這個人立刻吃驚地收回雙手，聽見劍的主人和氣地說：

「哎呀，好心的人們，我們對這個小孩子斯文一點吧，這麼兇幹什麼呢？也不要說那些嚇人的話，他可還是個孩子。這種事情還是由法律來判定吧，我們不要在這裡亂來一通。大嫂，放開這個孩子吧。」

那個鐵匠望了這個軍人一眼，摸了一下被劍拍到的胳臂，識趣地走開了。那個女人也很不情願地放開了孩子的手腕。這群人見到這樣的情景，也就都不再多說什麼。

國王高興地跳到這個人身邊看著他，他大聲地吼道：

「邁爾斯爵士，你怎麼現在才來，真是急死我了。不過，不管怎麼樣，你現在已經在我身邊了，快，把這個壞蛋砍成肉醬吧！」

23 國王變成囚犯

來者正是邁爾斯・亨頓，他尷尬地向國王笑了笑，然後低聲對他說：

「請您小點聲，國王陛下，您說話的時候可得小心啊，不，您最好還是不要開口說話。相信我吧，我會處理好這些事情的。」然後他自言自語地說：「爵士！我幾乎忘了我還有這麼一個頭銜。天啊，這個小瘋子怎麼會記住這種小事啊。我這個頭銜是虛幻的，本來沒什麼意義，但我倒覺得很有意思，在這個虛幻的王國裡當一個受人尊敬的假爵士，總比在現實社會中當一個讓人輕視的眞伯爵要好。」

這時，大家突然閃出一條路來，一個警官從人群中走了出來，他正要把手伸到國王的肩膀上時，邁爾斯連忙走上前去，說：

「等一下，朋友，不勞你動手，我向你保證這個孩子會自己走的。你在前面帶路吧，我們跟著你就是了。」

於是，警官就帶著那個女人走在前面，國王和邁爾斯則在後面跟著，他們身後還跟著一群看熱鬧的人。國王正想反抗，邁爾斯壓低聲音對他說：

「陛下，請先聽我說，您想想，這些可都是您頒布的法律，要是連您自己都反抗法律，那您的臣民們會說什麼呢？雖然您是被冤枉的，但等將來您回到皇宮，想到您被百姓們誤會時，曾經降低自己國王的身分，順從您自己頒布的法令，那時候您一定覺得很自豪。」

「你說得也有道理，你放心，既然老百姓要遵守我訂的法律，那國王就更得要遵守了，我不會反抗的。」

那個女人被帶到法官面前對質。她指著被告席上的國王說，他就是偷東西的人。由於沒有人提供反面的證詞，所以法官就定了國王的罪。然後，法官叫人打開那個包袱，裡面露出一隻又肥又油的小烤豬。法官見了這個，臉上露出了爲難的神色；邁爾斯也嚇得臉色發白，全身冒冷汗。國王不知道他們爲什麼這麼緊張，還是若無其事地站在那裡。法官想了一會兒，然後問那個女人：

「這些東西值多少錢？」

女人向法官鞠了一躬，然後說：

「三先令八個便士，法官大人，我買這個烤豬時確實花了這麼多錢，一個便士都沒多說。」

法官向在場的人望了一眼，然後對那個警官說：

「你先把他們帶出去，然後把門關上。」

接著，大家都出去了，只剩下法官、警官、原告和被告，當然還有邁爾斯・亨頓。邁爾斯已經嚇得魂不附體，額頭上的冷汗順著臉頰流了下來。法官又望了望那個女人，用憐憫的口氣說：

「他只是個可憐的孩子，什麼也不懂，一定是餓得受不了了才會偷你的東西，這年頭窮人也夠可憐的。你看，他並不像是一個壞人啊。你知道嗎？按照英國的法律，只要是偷了十三個便士以上的東西，都得處以絞刑。」

小國王聽了之後嚇了一跳。他瞪大眼睛望著法官，雖然他的心裡極度恐慌，但他還是盡量保持鎮定。那個女人卻慌了神，全身嚇得直發抖。她猛地跳了起來，大聲地喊道：

「天啊，怎麼會這樣，我怎麼也不願意看到這個小傢伙被絞死啊。法官大人，你想想辦法吧，我現在應該怎麼辦呢？」

法官想了想，從容地說：

「要是你眞想救他，就趁這件事現在還沒記錄在案，把你這個東西的價格降低一點。」

「可以嗎？眞是太好了，那我就把這隻烤豬的價錢改爲八便士吧。謝天謝地，還有挽救的方法，要不然我就害死這個可憐的孩子了！」

邁爾斯・亨頓高興極了，他完全忘了自己現在的身分是邁爾斯爵士，情不自禁一把把國王抱住。這讓國王很生氣，因爲他這樣做有損他的尊嚴。那個女人拿著豬滿意地離開了，警官很熱情地給她開了門，然後跟著走了出去。機警的邁爾斯覺得很奇怪，警官跟著到外面去幹什麼呢？於是他也跟著走到外面黑暗而狹窄的過道裡，結果讓他聽到了這樣的一段對話：

「這隻豬可真肥啊，我拿回去一定可以飽餐一頓，這兒是八個便士，我把這隻豬買下了。」

「八個便士？你別開玩笑了，八個便士怎麼可能買到，我可是花了三先令八便士才買來的。」

「那你在法官面前說的話到底算不算？你剛才可發了誓，難道你在法官面前說了謊？快跟我進去見法官，承認你剛才說了假話，然後把那個孩子判處絞刑。」

「等等，我知道你是個好人，我答應你就是了，把那八便士給我吧，可千萬不要跟別人提起這件事啊。」

那個女人帶著八便士哭喪著臉走了，邁爾斯馬上退回審判室。那個警官把烤豬藏好之後，也跟著進來了。這時，法官還埋頭在卷宗上寫著什麼。過了一會兒，法官向國王唸了一段宣判詞，判處他在普通監獄裡關幾天，然後再當眾鞭打一頓。國王聽到宣判時嚇呆了，他正想發出命令，把這個善良的法官砍頭的時候，忽然看見邁爾斯・亨頓給他做了一個手勢，於是他趕緊閉上了嘴巴。

邁爾斯拉住國王的手，向法官行了個禮，然後跟著警官一起往監獄的方向走去。剛走到街上，國王憤怒地甩開邁爾斯的手，盯著他大聲叫道：

「你這個笨蛋，你認爲憑我的身分，我會走進監獄裡去嗎？」

邁爾斯彎下腰，有些嚴厲地對國王說：

「你就信任我一次好嗎？別再說話了，要是你再亂說話，那我們誰也跑不掉。我會有辦法讓你離開的，現在還不是時候，只要你耐心等待，要不了多久你就可以獲得自由了。」

24 脫逃

一個短促的冬天就要結束了，街上只有稀稀疏疏的幾個人，他們都匆忙地向前走著，一心想早點把事情辦完，然後回到家舒舒服服睡上一覺。沒有人注意到國王一行人。小國王心裡想，不知道以前有沒有哪位國王去監獄的時候，是這麼冷清的場面。過了一會，他們來到了一個沒有人的市場，警官正想繼續往前走時，邁爾斯伸手拉住他，小聲地說：

「警官先生，等一下，趁現在這裡沒有人，我有話要跟你說。」

「先生，我是很想和你說說話，但是我的職責並不允許。快走吧，別打什麼壞主意，天都快黑了。」

「可是這些話你不聽一定會後悔，因爲我要說的和你有很大的關係。你轉過身去，裝作什麼也沒看見，放過這個孩子吧。」

「什麼？你居然跟我說這種話？先生，看來你得和這個孩子一起到監獄裡去了，我這是依法……」

「你最好先聽我說完，聽完之後你一定不會後悔。」邁爾斯打斷他的話，然後湊到警官的耳邊說：「就憑你花了八便士買下那隻烤豬，我就可以叫你的腦袋搬家。」

警官聽到這句話後，目瞪口呆地望著邁爾斯。過了好久，他才回過神來，大聲地威脅著他們。可是邁爾斯卻毫不理會，等到警官說得口乾舌燥的時候，他說：

「朋友，我們無冤無仇，也不願意看到你倒楣，但你說的那些話我確實都聽見了，而且還一字不漏地記在我的腦海裡。想聽聽嗎？」接著，他就把剛才警官和那個女人的話背了一遍，然後說：

「怎麼樣，我的記性還不差吧？如果有必要，我還可以在法官面前背出來。」

警官十分苦惱，他一句話也不說，呆呆地站在那裡。過了很久，他又裝作滿不在乎的樣子說：

「何必那麼認眞呢，我只是和那個女人開開玩笑，逗逗她罷了。」

「那你把那個女人的烤豬藏起來也是開玩笑嗎？」

警官陪笑道：「當然是開玩笑的，你可千萬別當眞啊。」

「你說的也許是眞話呢？」邁爾斯諷刺地說道，「可是你能不能在這裡等一下，我回去問問法官大人，他一定會給我一個很好的意見。對，就這麼辦，我知道你是開玩笑的，對……」

他一邊說話一邊往回走，警官愣了一下，急忙把他叫住：

「等一下，等一下，好心的先生，請你稍等一下，嗯……我想法官大人一定不會喜歡我這個玩笑。天啊，你回來我們再商量一下，我也沒辦法啊，我家裡有老婆孩子，你行行好，放過我吧，我什麼都聽你的。」

「那好，你就站在這裡數數，從一數到十萬，記住要慢慢地數。」邁爾斯說話時的表情，好像覺得警官理所當然應該幫他這個忙一樣。

「這怎麼可以？」警官幾乎絕望地說道，「請你爲我想想吧，好心的先生，你看，我只開了一個小小的玩笑，一個小得不能再小的玩笑。好吧，就算這不是玩笑，那也只是一個很小的過錯，法官也頂多罵我幾句，警告一下我。」

邁爾斯用冰冷的語氣說：

「你知道嗎？你這個小小的玩笑在法律上還有一個罪名，想知道叫什麼嗎？」

「罪名？這個玩笑怎麼可能還有罪名呢？哦，可能是我記性太差了，能告訴我叫什麼名字嗎？」

「聽過『乘人之危，強取豪奪』嗎？」

「真的是這個罪名嗎？天啊！」

「那可是死罪。」

「是啊，我犯罪了，老天保佑我吧。」

「你趁著別人有難處時，以八個便士買下價值十三個半先令以上的東西，這在法律上叫受賄罪，隱匿罪，更嚴重的是貪贓枉法罪。我想現在你一定知道治這些罪的刑罰了吧，對，是絞死，而且不能贖身，不能減刑，不能使用牧師的優惠。」

「好心的先生，快過來扶我一把，我的腿已經發軟了。請你不要再說了，我什麼都聽你的，現在我轉過身去，裝作什麼都沒看見。」

「好，算你懂事，能明白我是爲了你好。對了，你最好把烤豬也還給那個女人吧。」

「當然，我一定會還給她，以後再也不會做這種事了，哪怕是天上掉下來的，我也不敢要了。你們快走吧，現在我什麼也看不見，我回去就跟法官說，你把門撞破了，然後闖進來把人救走了。至於那道門，我半夜的時候自己去把它敲破吧。」

「太好了，就這麼辦，你眞是個好人。放心吧，法官也不想讓這個孩子受罰，所以也不會爲難放走他的人。」

25 身分的真假

邁爾斯帶著國王剛走出警官的視線，他就吩咐國王跑到村子外的一個小鎮上，然後在某一個地方等著，而他自己就回到旅館結賬。半個小時之後，國王和邁爾斯就騎上那兩頭早已準備好的牲口，高高興興地向東走。國王現在舒服多了，因爲他已經丟掉身上那套破破爛爛的衣服，換上邁爾斯在倫敦橋上買的那套舊衣服。

邁爾斯覺得國王肯定沒有這種遠行的經歷，因此盡量不讓國王感到疲勞。他知道，要是國王睡眠不足，對他那顆本來就有問題的大腦會更加不利。要是能讓他多休息，生活得有規律，再多做做運動，那他的病就一定會康復了。邁爾斯多麼希望國王可以早一點恢復正常，希望那些不切實際的幻想可以從他的腦子裡除掉。因此，雖然他想快一點回到那個被迫離開的家，但爲了讓國王能休息好，他們還是走得很慢。

邁爾斯和國王大概走了十里路左右，就來到一個很大的村鎮。他們找了一家很好的旅館住下來，準備好好休息一下，明天繼續趕路。在旅館，他們又恢復了以前的關係：當國王用餐的時候，邁爾斯就站在後面伺候他；他準備睡覺時，邁爾斯就會給他脫衣服，然後自己躺在地板上，用一張毯子裹著身體，在門口橫臥著睡覺。

接下來的那兩天，他們還是懶洋洋地繼續向前走著，談著分手之後的種種遭遇。邁爾斯告訴國王，他們分手之後，他一直東奔西走地找他。他還講了那個自稱是大天使的老頭，怎麼樣把他帶著在森林裡亂轉，過後發現實在擺脫不了他，才又把他帶回到小木屋。老頭到臥室裡看了看之後，又很傷心地走出來，說他以爲孩子已經回來了，但是一個人影也沒有。邁爾斯在那個小木屋裡等了整整一天，後來覺得國王不會再回到這裡了，就離開了那裡，繼續向前尋找。

「那個聖潔的隱士看見陛下沒有回來，眞的很難過。」邁爾斯說，「這一點我從他的臉上完全可以看出來。」

「是啊，我完全相信他會難過。」國王說。接著，他把那天發生的事情說了一遍，邁爾斯聽了之後，眞的很後悔那天沒有把那個老頭剁成肉醬。

還有一天他們就要到達目的地了，邁爾斯看起來十分激動。他把漢屯說得天花亂墜。他說到年老的父親和善良的哥哥時，就舉了很多例子來說明他們的高尚和慈祥；說到艾荻絲時，他更是高興得手舞足蹈；就連提到休烏斯時，他的眼裡都會露出溫柔的光芒。他把回到漢屯時將要說的話練習了很多遍，還把大家歡天喜地迎接他的場面反覆想了很多遍。

漢屯是一個風景秀麗的地方，到處都有果園和村落，大路從一望無際的草原上穿過，草原上有時會出現一兩個小丘和窪地，就像海上的波浪一樣。那天下午，邁爾斯常爬上小山丘，看看是否能從遠處望到他的家。爬了許多個小山丘之後，他終於如願以償了。

他大聲地叫道：

「陛下，您快看，那就是我們的村莊，在這裡就可以看到那些小樓。看到那片樹林了嗎？是我和我父親親手種下的。您能看到我的家嗎？裡面有七十個房間，足足二十七個僕人，想到那樣的房間給我住，心裡就覺得格外高興。快走吧，再走一會兒我們就可以到那個富麗堂皇的房間裡了。」

儘管他們拼命地向前趕路，他們還是將近三點才到達那個村莊。當他們穿過村莊時，邁爾斯始終滔滔不絕地說著話：「這兒就是我跟你說過的教堂，上面附著的那些藤條還是沒變。」「那有個旅館，我走的時候就已經開在這裡了，那旁邊就是一個市場。」「這兒是五月柱，還有打水機，什麼都沒改變，只是人已經變了。剛才過去的有些人我好像認識，但他們似乎不認識我了。」他就這樣一直不停地說著。不久，他們來到了村莊的盡頭，然後他們走上一條小路，小路的兩邊都圍著很高的籬笆。他們沿著這條路走了將近半里，然後穿過一個高大的門，走進了一個漂亮的大花園，一座豪華的大房子呈現在他們面前。

「歡迎來到漢屯，尊敬的國王陛下！」邁爾斯歡呼道，「這眞是一個值得慶賀的日子，我父親和哥哥要是看到我，一定會高興得發瘋。可是我有些擔心他們只顧高興地和我說話，不會理睬你，你可千萬不要多心。我會告訴他們我是你的監護人，還要告訴他們，我有多麼地愛你，到那時候，他們就會把你抱在懷裡，永遠把你當作自己的家人一樣疼愛。」

邁爾斯說著就在大門外跳下毛驢，再把國王抱下來，然後拉著他的手跑進屋裡。他們走進一間寬大的屋子裡，邁爾斯激動得忘了禮節，把國王推到一張椅子上坐下之後，就向屋子裡一個坐在桌子前面的年輕人走去。

「快抱抱我吧，休烏斯，」他大聲地喊道，「看到我回來高興嗎？父親在家嗎？要是我沒握住他的手，看到他的臉，聽到他的聲音，那我就還不算回到家裡。」

可是休烏斯卻一臉疑惑，他向後退了幾步，躲開邁爾斯的擁抱，用很嚴肅的眼光看著這個突然闖進來的人。過了一會，他臉上嚴肅的表情逐漸轉爲同情。他用溫和的語氣說：

「你的腦袋一定有問題吧？你太可憐了，我敢肯定，你肯定是在外面到處流浪，吃了許多苦，還被很多人毒打過吧？你把我錯認成什麼人了？」

「錯認成什麼人了？哦，不，我怎麼可能認錯人呢？你難道不是休烏斯・亨頓？」邁爾斯吃驚地問道。

休烏斯還是溫和地對他說：

「那你是什麼人呢？」

「你不認識我了嗎？還是你裝作不認識我，我是你的親哥哥邁爾斯・亨頓啊。」

一陣複雜的表情在休烏斯的臉上閃過，然後他大叫道：

「你別開玩笑了，難道死人還會復活嗎？要眞的是那樣，我可得好好感謝上帝，讓我可憐的哥哥在過了那麼多年的苦日子之後，又回到家了。可是我還是不太相信會有這種好事發生，請你不要和我開玩笑了，過來讓我看清楚你，好嗎？」

他拉住邁爾斯的手臂，帶著他到窗戶前面，從頭到腳把他打量了一番，然後又讓他在原地轉了幾圈，又在屋子裡來回走了幾步。而這時邁爾斯也興奮地一會兒微笑，一會兒大笑，還不停地說：

「好兄弟，你儘管看吧，我從頭到腳都是眞眞正正的邁爾斯，難道你還沒看出來嗎？現在看清楚了嗎？我確實是你那個已經失蹤多年的哥哥。能再次看到我，你一定很吃驚吧？這眞是一個好日子，我早就說過了，這一定會是一個好日子。快來跟我握握手吧，再親親我的臉，天啊，我又回到這裡了，眞是太高興了。」

他正想撲過去抱住他的兄弟時，休烏斯卻舉起雙手表示反對，然後把頭低下去，很激動地說：

「啊，請上帝可憐可憐我，給我一點力量吧，我眞是太失望了。」

邁爾斯吃驚地望著他，目不轉睛地看了他許久之後，才大聲地說道：

「你在說什麼呢？什麼叫失望，難道你看不出我是你的親哥哥嗎？」

休烏斯傷心地搖搖頭，說：

「我多麼希望你是，但我眞的不能肯定，還是讓別人來看看吧。唉！可能那封信說的都是眞的。」

「信？什麼信？」

「六、七年前，從海外寄來一封信，上面說我的哥哥已經死了。」

「怎麼可能，你把父親請出來，他一定會認識我。」

「可是他已經死了，難道你要請死人來相認嗎？」

「父親死了？」從邁爾斯低沉的聲音和發抖的嘴唇可以看出，他眞的很傷心，「父親眞的死了嗎？這眞是一個不幸的消息啊！現在我已經沒有了回家的快樂。那叫我的哥哥亞賽出來見我吧，他也會認識我，還會告訴我到底發生了什麼事。」

「他也死了。」

「上帝啊，請你保佑我這個倒楣的人吧，爲什麼善良的人都死了，留下我這個沒良心的人活在世上，我到底做錯了什麼？那艾荻絲小姐呢？你別告訴我她也……」

「你是想說她也死了？不，她活得好好的。」

「眞的，那快叫她出來吧，感謝上帝，讓我有了一線希望。兄弟，快叫她也來跟我相認吧！要是她也說不認識我……哦，不，她一定認識我，我怎麼能以爲她會說不認識我呢，我可眞是個笨蛋。把那些老僕人都叫來吧，他們都會認識我。」

「他們全都死了，只剩下五個，彼得、哈爾、大衛、柏納德和瑪格麗。」

休烏斯一邊說，一邊向外走去。邁爾斯沉默了一會兒之後，就在屋子裡轉來轉去，嘴裡不停地說：

「怎麼只有這五個壞蛋還活著？其他二十二個忠心的僕人都死掉了？這根本不可能。」他自言自語時，完全忘記了國王的存在，後來，國王實在忍不住，同情地對他說：

「不要以爲你是這個世上最不幸的人，邁爾斯爵士，還有一個人比你更可憐，他跟別人說出他的身分時，還會遭到別人的嘲笑呢。」他本來是在說他自己，但邁爾斯聽到之後，還以爲是在挖苦他呢。

「哦，國王陛下，」邁爾斯這才想起坐在椅子上的國王，「請您不要認爲我是騙子，等會兒您就會聽到全英國最美麗的女孩向您證明，我不是騙子。我怎麼會是騙子呢？我認識這個客廳，熟悉這裡的一切，因爲我從小就是在這裡長大的啊。國王陛下，請您相信我，哪怕別人都懷疑我，但我請您一定要相信我。」

「我當然相信你。」國王信任地看著他。

「眞是太感謝了。」邁爾斯大聲地說，他的臉因爲國王的信任而泛出感激的表情。而這時，國王以天眞的語氣問他：

「那你有沒有懷疑過我的身分呢？」

邁爾斯的臉一下子全紅了，因爲他從來都沒有相信這個孩子會是國王。這個時候，門打開了，休烏斯走了進來，他也就不必再回答國王的問題。

一個穿著華麗的漂亮女子跟在休烏斯的後面走了出來，她後面還跟幾個穿著相同衣服的僕人。這個女子低著頭，但邁爾斯一眼就認出了她，他撲向女子，激動地叫道：

「啊，親愛的艾荻絲，我回來了，你……」

休烏斯及時地擋在中間，把女子和邁爾斯隔開，然後問道：

「你看看，他是邁爾斯嗎？」

那個女子聽到邁爾斯聲音的時候，身體微微地顫動了一下，而現在，她全身都在發抖。她先是站著不動，當邁爾斯滿懷希望地等了幾分鐘之後，她抬起頭，以陌生的眼光看了看他，然後用不帶任何感情的語氣說：

「我不認識他。」

她說完這話之後就走出了屋子，留下邁爾斯在原地目瞪口呆地望著她的背影。過了一會兒，他聽到休烏斯對其他的幾個僕人問道：

「你們仔細看看，認識他嗎？」

他們都搖著頭對休烏斯說：

「不認識。」

這時，休烏斯很遺憾地對邁爾斯說：

「你都聽見了吧，這些僕人都說不認識你，剛才我妻子也說不認識你，看來你真的弄錯了。」

「你的妻子？」邁爾斯一把抓住休烏斯，用手捏住他的脖子說，「你這個滿腦子壞水的東西，現在我總算明白了，是你僞造了那封信，騙父親我死了，然後搶了我的新娘，搶了我的財產。現在，我回來了，你快滾吧，我可不想你的血玷污了我軍人的身分。」

休烏斯拼命地掙扎，逃出邁爾斯的控制，搖搖晃晃地走到離他最近的椅子上坐下，然後對僕人們命令道：

「把他抓住，捆起來。」

僕人們遲疑地望著邁爾斯，誰也不敢輕舉妄動，其中一個說：

「他帶著武器呢，我們可什麼都沒有。」

「帶著武器？你們有這麼多人，難道還會怕他？現在我命令你們，抓住他！」

邁爾斯對他們警告道：「你們從前都知道我的厲害吧，我現在已經更厲害了。當然，只要你們願意，隨時都可以來試試。」

他的警告讓所有人都不敢上前，休烏斯見狀只好生氣地叫道：

「你們快去拿武器，然後把門守住。我可不敢指望你們這些沒用的東西，我自己去叫衛兵來。」

休烏斯一邊說著一邊朝大門走去，剛走到門口時，他又回過頭來對邁爾斯說：「你不要想逃跑，那樣只會讓你吃盡苦頭，你最好還是老實地待在這裡。」

「逃跑？你放心吧，我是絕對不會逃跑的，因爲我邁爾斯才是這裡眞正的主人。」

26 被否認了

國王坐在那裡想了一會，突然說道：

「這件事眞是太奇怪了，我現在都還沒弄清楚到底是怎麼回事。」

「不，這一點也不奇怪，國王陛下，我早就知道他是這種人。要是他不這樣做，那才奇怪呢。」

「啊，邁爾斯爵士，我想你誤會了，我說的不是他。」

「不是他？那還有什麼奇怪的事情呢？」

「爲什麼國王失蹤了，都沒有人著急呢？」

「你是什麼意思呢？你說哪個國王失蹤了？」

「你沒有發現嗎？現在並沒有人到處張貼告示找我，找回失蹤的國王，難道你不覺得這很奇怪嗎？英國的國王不見了，難道不是一件大得不得了的事情嗎？」

「的確是這樣，國王陛下，我怎麼那麼糊塗呢。」邁爾斯歎了口氣，然後低聲對自己說道：「可憐的孩子，他的毛病又犯了。」

「我想到一個辦法，可以讓我們兩個都能夠回復身分。」國王說，「我用拉丁文、希臘文和英文各寫一封信，然後你再派人送到倫敦去，交給我的舅父赫德福伯爵，他看到這封信，就會派人來接我。」

「國王陛下，我想我們最好還是先在這裡等一下，等我證明了自己的身分之後，我一定會有……」

國王沒等他把話說完，就憤怒地打斷他：

「住口，你的身分算得了什麼？難道爲了你這個該死的身分，你要我連國家和王位都不顧了嗎？」說完之後，他也許覺得自己的語氣過於嚴厲，又溫和地說：「你聽我的吧，我絕對不會讓你吃虧，等我回到皇宮之後，不僅會恢復你的身分，還會把屬於你的一切都還給你。」

國王一邊說，一邊拿起筆認眞地寫信。邁爾斯暗暗地想道：「要是我不知道他腦子有問題的話，也許還眞的會以爲他是眞正的國王。他發起脾氣來，還眞有國王的樣子。」

邁爾斯看了看國王寫的信，又想道：「他是從什麼地方學來這些莫名其妙的文字呢？看起來還眞像回事。我得趕快想一個辦法才行，要不然他明天準會讓我到倫敦去送信。」

邁爾斯想著想著，思緒又回到休烏斯。以至於國王把寫的信交給他時，他毫不猶豫地裝進了衣兜裡。

「她看起來太奇怪了，」他又自言自語地說道，「我想她一定認出我了，但她的表情看起來又那麼陌生，這眞是矛盾啊！她看到我的時候顫抖了，這說明她認出我了，可是她爲什麼非要肯定地說不認識我呢？她是不會說謊的，那她是眞的忘了我嗎？不會的，一定是休烏斯強迫她，讓她說謊，一定是這樣。我現在終於明白了，剛才看到她慘白的臉時，我就應該想到的。我要去找她，然後帶她離開這裡，那時，她就會告訴我到底發生了什麼事，我們還可以一起回憶以前發生的事情。我相信她一定還愛著我，這點我很肯定，因爲當初她是那麼不顧一切地愛我。」

他加快腳步向門口走去，就在這個時候，門打開了，艾荻絲走了進來，她的舉止在邁爾斯眼裡是那麼的優雅美麗。

邁爾斯看到艾荻絲走進來，高興地迎上去，但艾荻絲做了一個手勢攔住了他。他們在桌子前面坐了下來，艾荻絲以接待陌生人的禮儀接待了邁爾斯。這讓邁爾斯很吃驚。一時間，連他自己都懷疑自己還是不是邁爾斯．亨頓。艾荻絲說：

「先生，我是來警告你，不要再抱著認親的幻想，因爲這根本是不可能的。你還是帶著這個孩子一起離開吧，那樣會避免很多危險。雖然你覺得自己可能是這裡的主人，但從現在起，請打消這個幻想，因爲這裡的主人只有一個，那就是休烏斯。」

她的目光在邁爾斯臉上停留了一會兒，然後感歎地說：「要是休烏斯失蹤的兄弟還活著，應該也和你一樣大了。」

「夫人，你怎麼還不明白，我就是他的兄弟啊。」

「我明白你的心情，也明白你說的可能是眞話，但我還是請你離開吧，我的丈夫是這個地方的主人，他掌握著這裡的一切。假如你說的是假話，那他還有可能會放過你，要是你說的是眞話，那你對他的財產帶來威脅，他一定不會放過你。我太瞭解他了，爲了達到目的，他什麼都幹得出來，請你們快離開這裡吧，永遠不要回來。」

「感謝你對我說的這番話，」邁爾斯挖苦地說，「我想知道，難道他眞的有那麼大的本事，讓我心愛的人捨我而去。」

艾荻絲聽了這話，木然地望著地板，繼續說著話，聲音冷漠得讓人覺得有些寒冷：

「不管你怎麼說，我已經警告過你了，現在我再次警告你，要是你現在不離開這裡，那以後就沒有機會了。他是魔鬼，我被他鎖住了，動彈不得，但幸好邁爾斯、亞賽和我的監護人理查爵士都已經擺脫了他，長眠於地下。你快走吧，再遲就來不及了，你要是沒有錢，我這裡有一些，拿去吧，門口的那些人看在錢的份上肯定會放你出去。」

邁爾斯深吸了一口氣，站起來說：

「我不要你的錢，但請你用眼睛看著我，讓我看清楚你有沒有說謊。好，現在回答我一個問題，我到底是不是邁爾斯・亨頓？」

「不是，我從來沒有見過你。」

「你發誓。」

艾荻絲的聲音很小，但卻很清楚：

「我發誓，我從來沒有見過你。」

「天啊，難道你真的不認識我了嗎？」

「快走吧，問這些有什麼用呢？快逃命去吧。」

就在此時，一群士兵衝進了屋子裡，邁爾斯反抗了一陣之後，就被帶了出去。國王也被綁起來，送到監獄去了。

27 在獄中

國王和邁爾斯被鎖上鏈子之後，被送到一間關著犯了小罪的人的屋子裡。這間屋子裡面有二十多個戴著手銬腳鐐的男男女女，他們正在無休止地吵鬧著。國王覺得自己尊貴的身分受到嚴重的損害，忍不住大發脾氣；而邁爾斯更是一肚子的火，一聲不響地坐在角落裡。這個浪子興高采烈地回到家，沒想到卻受到這樣的待遇，這和原本希望的差了太遠，他的心情從雲端跌到了谷底。

當他的心情稍微平靜些的時候，他就把整個事情仔細地想了一遍，覺得事情的關鍵不在艾荻絲身上。他把艾荻絲今天的表現和說的話反覆地想了想，仍然理不出一個頭緒，不知道她究竟是認識他呢，還是眞的不認識他。這個問題在他的腦海裡縈繞了很久，最後他終於得出一個結論：她一定認識他，但爲了一些特別的原因，只能裝作不認識。他本想指著她的名字破口大罵，但她的名字在他心裡一直是神聖的，他怎麼也罵不出來。

邁爾斯和國王蓋著散發著臭味的毯子，度過在監獄裡的第一夜。半夜的時候，幾個犯人賄賂了獄吏，讓獄吏給他們拿來了一些酒。這些犯人喝過酒之後，就變得格外瘋狂，不停地大聲吵嚷著。後來，一個男的拼命地用手銬打一個女人的頭，在那個女人幾乎要被打死的時候，獄吏才終於進來，這才讓她脫離了苦海。隨後，監獄也恢復了平靜。

在以後的幾個星期裡，每天都會有同樣的事情發生。白天，會有些人進來仔細地瞧瞧邁爾斯，然後否認他的身分，到了晚上，又是不停的狂飲和吵鬧。終於有一天，這種規律因爲一個老人而起了變化。

那天，獄吏帶著一個老人走了進來，對他說：

「那個騙子就在裡面，你快看看，能認出哪一個才是他嗎？」

邁爾斯看到老人之後，臉上露出了愉快的笑容，這是從他進到監獄以來，第一次露出這樣的笑容。他心裡想著：我認識他，這是布萊克・安德魯，他一直給我父親當僕人，是個做事實在的好人。可是他又轉念一想，他以前確實是好人，但現在可說不定，他也許會像那些人一樣，否認我的身分呢。

那個老人把屋子裡的每一個人都打量了一番，然後說：

「我只看到這裡有一些小流氓，邁爾斯少爺在哪裡呢？」

獄吏哈哈大笑起來，他指著邁爾斯說：

「看吧，這就是那個自稱邁爾斯的混蛋，你再仔細看看。」

老人走到邁爾斯的面前，前前後後地打量了很久，然後搖搖頭說：

「他怎麼可能是邁爾斯少爺，我敢肯定他不是。」

「對，看來你的老眼還沒花。我要是休烏斯爵士，早把這混蛋抓上絞刑臺，讓他……」獄吏說到這裡時，就踮起腳尖，假裝有一根繩子正吊住他的脖子，喉嚨裡還發出「喀喀」的聲音，好像透不過氣來的樣子，模仿著被絞死的情形。那個老人狠毒地說：

「我覺得他應該接受更嚴厲的懲罰，要是讓我來執行，我一定會把他慢慢地烤死。」

獄吏聽到這話又大笑了一陣，然後說：

「現在你可以狠狠地揍他一頓，那些人到這裡來都會這麼做。揍他一頓之後，你就會覺得心裡無比暢快。」

說完，他就向休息室走去。當他的背影消失在門後的時候，老人在邁爾斯面前跪了下來，小聲地說：

「我的主人，感謝上帝，讓你回來了。你走的這七年裡，我一直以爲你已經死了，可是現在，你卻毫髮無損地站在我面前。其實剛才我一看見你，馬上就認出來了，但我不得不裝成冷酷的樣子，把你當成街上的小混混一樣對待。邁爾斯爵士，我永遠是你忠心的奴僕，只要你吩咐，我馬上就把事實說出去，就算休烏斯要把我絞死，我也不在乎。」

「不行。」邁爾斯堅決地說，「我不會那麼做，那樣不僅幫不了我，還會害了你，你沒有否認我，已經是對我最大的幫助了。」

從此以後，這個老僕人每天都會到監獄裡「罵」邁爾斯好幾次，每次他都會帶來一些美味的食物，還會帶來新的消息。邁爾斯把好吃的都留給了國王陛下，因爲國王根本吃不下獄吏送來的那些粗糙飯菜。老人每次都設法帶來更多的消息，當他低聲說著這些消息時，還會三不五時夾雜著一兩句辱罵的話。當然，這些辱罵的話都是故意說給別人聽的。

不久，邁爾斯就瞭解了家裡發生的所有事情：六年前，亞賽就離開了人世，而當時邁爾斯一點消息也沒有。他的父親理查爵士的身體一天不如一天，他認爲自己快要死了。他希望在自己去世之前，能夠親眼看到休烏斯和艾荻絲結婚，但艾荻絲一直苦苦哀求把婚期延遲。她還在等著邁爾斯回來。可是後來，理查爵士收到一封信，上面報告了邁爾斯已經死去的消息。這個打擊讓父親更加病得臥床不起，他覺得自己的死期到了，於是要求休烏斯和艾荻絲馬上結婚。艾荻絲苦苦哀求，又拖延了一個月的時間，卻仍然沒有等到邁爾斯回來。一個月之後，她不得不跟休烏斯在理查爵士臨終的病床前舉行了婚禮。

婚禮後不久，艾荻絲就在休烏斯的檔案中發現了一封信的草稿，那正是報告邁爾斯死訊的草稿。接著，大家又常常聽到休烏斯虐待艾荻絲和僕人們的消息。自從理查爵士去世之後，休烏斯變得十分殘暴，成了漢屯最狠心的主人。

在老人帶來的消息中，還有一件讓國王特別感興趣的事。老人神秘兮兮地對他們說：「還有一件事，外面的那些人都說國王瘋了。不過，這件事情你們可千萬不要到處亂說，因爲只要誰傳出這個消息，就會被判處死刑。」

國王聽了，興致勃勃地對老人說：

「好人，國王並沒有瘋啊，你與其在這裡說這些沒有用的廢話，還不如去做一些更有用的事。相信我，會對你有幫助的。」

「這孩子在說什麼？」老人很吃驚地看著國王。他看到邁爾斯對他做了一個手勢，因此就不再理睬國王，繼續對邁爾斯說道：

「本月的十六日，已故的國王就會下葬。而二十日，新國王就會在西敏寺大教堂舉行加冕禮。」

「國王都還沒找到，他們給誰加冕呢？」國王嘟噥著說，然後他又很有信心地說，「可是我相信他們一定會發現我失蹤了，然後找到我。」

「我的天啊，你在……」

老人正準備說什麼，但看見邁爾斯又做了一個手勢之後，就馬上閉嘴，繼續說道：

「休烏斯爵士也會去參加加冕禮，他還奢望能封個什麼男爵之類的回來，因爲攝政王很喜歡他呢。」

「誰是攝政王？」國王奇怪地問道。

「莫桑塞公爵殿下。」

「誰又是莫桑塞公爵？」

「你連這個都不知道嗎？就是赫德福伯爵賽莫爾啊。」

國王生氣地問：

「他什麼時候當上了公爵和攝政王？」

「今年一月底的時候。」

「是誰讓他當的？」

「他自己和國會，當然國王也同意了。」

國王聽到這話大叫道：「國王？你在說什麼啊，哪個國王？」

「你這孩子眞是有毛病，問出這麼奇怪的問題。還會有哪個國王？當然是愛德華六世國王陛下了。他還是個和藹可親的孩子呢，雖然他瘋了，但大家都在爲他祈禱，爲他祝福，我相信，要不了多久，他就可以痊癒。知道爲什麼大家都愛戴他嗎？因爲他剛繼位的時候，就赦免了諾阜克公爵，聽說他還打算廢除那些殘酷的法律呢。」

聽到這裡，國王馬上陷入了沉思，再也沒有心思聽老人閒談。他懷疑他們所說的國王，就是當初和自己互換衣服的小乞丐。可是，這根本不可能啊！因爲要是那個小乞丐冒充王子，那在言行舉止上一定會露出馬腳，大臣們發現後就會把他趕出去，然後再尋找眞正的王子。難道宮裡又選出另外一位貴族的子孫繼承王位？不，這也不可能，他的舅父一定不會同意這件事情。他操縱著朝政大權，要是他不同意，誰也沒有辦法。國王想了很久，還是百思不得其解，越想越不安，於是他急著想到倫敦去，因爲到那裡才能瞭解事情的眞相。

邁爾斯想盡一切辦法讓國王高興，可是一點用也沒有，反而是旁邊兩個戴著枷鎖的女人的安慰，才讓國王平靜了下來。邁爾斯對她們充滿了感激，於是和她們閒聊起來。當他知道她們是因爲和教友見面而被抓時，吃驚地說道：

「什麼？難道這也算是犯罪嗎？把你們關到牢裡來眞是太不公平了。放心吧，你們犯的頂多也只能算是小罪，很快就可以出去了。」

她們沒有說話，但臉上露出不安的神色，邁爾斯奇怪地問：

「你們爲什麼不說話？難道不是那樣嗎？快告訴我到底怎麼回事吧，我都快急死了。」

她們想把話題轉開，但邁爾斯卻一直追問道：

「他們打你們了嗎？不，應該不會，你們只是犯了一點小錯而已，他們不可能這麼對待你們。難道他們……」

邁爾斯遲疑地看著那兩個女人，那兩個女人知道無法迴避邁爾斯的問題，其中一個用激動得已經有些哽咽的聲音說：

「善良的人，不要再問了，請你放心，老天會幫助我們，我們能忍受……」

這個時候，國王突然打斷了她的話：「我明白了，你的意思是說他們確實打你們了，而且以後還會挨打。這些沒有人性的傢伙。你們不要哭了，放心吧，只要我恢復了地位，我一定會救你們出來，放心吧。」

第二天，國王醒來的時候，那兩個女人已經不見了，國王高興地說：

「她們得救了，被放出去了，眞是太好了。」可是隨後他又歎了一口氣，「唉，她們出去了，以後誰來安慰我呢？」

國王看見衣服上用別針別著兩塊小絲帶，他知道，這是那兩個女人留給他的紀念品，他決定要把這些東西好好保存起來，將來還要找到她們，好好地照顧她們。

這時，獄吏帶著幾個人走了進來，吩咐他們把屋子裡的犯人都帶到監獄的院子裡。國王聽到這個消息太高興了，因爲他又能看到藍藍的天空，又可以呼吸到新鮮的空氣了。

院子的地上鋪著石頭，囚犯們排著隊來到院子的一個角落裡，背靠著牆壁站成一排，在他們前面還攔著一根繩子。這是一個寒冷而陰暗的早晨，夜裡的小雪把大地鋪成了白色，不時還會從遠方吹來一陣陰冷的寒風。

院子的中央站著兩個女人，他們被一根粗大的鏈子拴在柱子上。國王一眼就認出了那是昨天安慰她的那兩個女人。他哆嗦了一下，心裡想道：「原來她們並沒有被放出去，像這麼善良的人居然要受到鞭打，眞是太不公平了。爲什麼英國會有這樣不公平的法律呢？想起來都叫人難受，她們安慰過我，照顧過我，而我這個一國之主卻不能保護她們，只能眼睜睜地看著她們受苦。這些鞭打她們的混蛋可得當心了，等到我恢復地位的那一天，我一定會找他們算賬。」

這時，院子的大門打開了，一群老百姓湧了進來，他們圍在那兩個女人的周圍，國王看不見人群裡發生了什麼事。隱隱約約，他好像聽到有人在說話，一個問，一個答，可是卻聽不清楚到底在說什麼。一些官員一次又一次地鑽進人群，似乎在準備著一件大事。

終於，只聽見一聲令下，人群迅速散開了。國王看見一個可怕的情景，嚇得他脊樑都涼透了。他看見那兩個女人周圍堆滿了柴火，有一個人正跪在那裡把柴火點著。

那兩個女人低著頭，用手把臉捂住，紅色的火焰慢慢地向上升，淡淡的煙隨著火苗四處飄散，牧師舉起雙手開始祈禱。這時，兩個小女孩跑了進來，她們傷心地撲倒在火刑柱上，抱著女人發出淒慘的哭聲。獄吏們馬上把她們拉開，可是一個女孩掙脫了，她拼命地抱著女人的脖子，說要和自己的母親死在一起。她衣服的一角都已經著火了，這時過來了兩三個身材高大的男人，他們抓住她，然後把她衣服上著火的一片撕掉。女孩始終掙扎著想要撲到母親身邊，說要是母親被燒死了，她就成了孤兒，那還不如和母親一起死掉。

國王把視線移到火刑柱上，只看了一眼就趕緊轉過身去，把他那嚇得慘白的臉靠在牆上。他說：「上帝啊，剛才的景象眞是太慘了，那一定會成爲我生命中的陰影，每天晚上我都會因此而做噩夢。與其這樣，剛才爲什麼不讓我瞎了眼睛呢。」

邁爾斯一直在看著國王。他很滿意地想：他的毛病好像好多了，脾氣也不再暴躁；要是以前，他早就開始大罵這些混蛋，然後說他是國王，再命令他們放了這兩個女人。太好了，現在他的樣子多正常啊，只要他不再幻想，那他的腦子就會很快清醒過來，但願這一天早點到來吧。

過了幾天，又有幾個犯人被關了進來，他們不久都會被送到全國各地，受到相應的懲罰。國王一有機會，就會和犯人們說話，他決定要從犯人那裡瞭解英國的法律是否合理，將來恢復國王的身分後，才可以當一個體察民情的國王。在犯人當中，有一個反應比較遲鈍的女人，她從織布匠那裡偷了一小塊布，所以被判處了死刑。還有一個男人，被別人控告偷了一匹馬，不過因爲證據不成立，所以免除了絞刑。但是，他剛回到家又被帶上了法庭，這次是有人告他打死了國王獵園裡的一隻鹿。法庭查明了確有此事，不久，他將被處以絞刑。

另外還有一個鐵匠的徒弟，他的案子讓國王聽了之後非常難受。這個徒弟說，他有一天晚上回家，看到一隻獵鷹從它的主人那裡逃走了，於是就把它捉回來。他滿以爲這隻獵鷹應該歸他所有，沒想到法官卻判了他偷竊罪，判處死刑。

國王聽見這些嚴厲的懲罰生氣極了，於是他就叫邁爾斯帶著他一起越獄，然後和他一同到威斯敏士特宮去。等他坐上國王的寶座之後，就可以拿著權標赦免這些可憐的人。

「可憐的孩子，」邁爾斯暗自歎息道，「這些可憐的人讓他又犯病了，要不是這樣，他的病馬上就可以好了。」

在這些犯人當中，有一個堅強的律師，他三年前寫了一篇反對大法官的文章，不僅被割掉了一隻耳朵，還被取消了律師的資格，交了三千英鎊的罰金，而且被判處無期徒刑。最近，他又大罵了法官，結果他剩下的那隻耳朵也被割掉了，還要付五千英鎊的罰金，臉上被烙上烙印，要在牢裡被終身監禁。

「雖然受了不少苦，但我一直認爲這是光榮的傷疤。」律師一邊說，一邊把灰白的頭髮向後撥開，露出原本長耳朵的地方，現在只剩下一個肉球了。

國王看到之後很生氣，他說：

「雖然你們現在都不相信我，但是過不了多久，你們就可以恢復自由了，我還要把這些不公平的法律全都廢除。看來，國王要受到自己法律的懲罰之後，才知道應該怎樣當一個好國王，才能學會仁慈。」

28 犧牲

邁爾斯很快就厭倦了監獄裡的生活，還好，他們受審的日子就快到了，這讓他覺得很高興，因爲他覺得不管接受什麼樣的判決，都比待在這裡強得多。可是，當他眞正到了法庭上的時候，他才發覺自己的想法完全錯了。在法庭上，他被稱爲「頑強的流氓」，因爲他襲擊了漢屯的主人，所以判處他在頭和腳上帶著枷，在熱鬧的大街上坐兩個小時。他聽到這個判決時十分生氣，他一再跟法官聲明，自己和休烏斯是親兄弟，但根本沒有人相信他的話，也沒人理睬他。

他在被帶到大街上時，暴躁地大聲咒罵，還向押送他的人說了一些威脅的話，但這只換來他們的幾個耳光。

國王無法從圍觀的人群中擠到最前面，所以只好在後面遠遠地跟著他。本來法官也準備判處他和邁爾斯一樣的刑罰，但看在他還是個孩子的份上，只對他進行了一番訓導，然後就把他釋放了。後來，人群終於在鬧市區停了下來，但邁爾斯被大家圍在中間，國王還是擠不進去，於是他就在人群外不停地繞著圈，希望可以找到一個空隙鑽進去。國王被擠倒了很多次，但他沒有氣餒，終於鑽了進去。看見邁爾斯戴著枷鎖坐在那裡，忍受著人家的嘲弄，國王覺得自己受到極大的侮辱。雖然判決的時候國王聽見了，但他怎麼也沒想到，懲罰居然是讓他忠實的奴僕受到這樣的待遇。突然，他看見一個雞蛋橫飛過去，砸在邁爾斯的臉上，圍觀的人看到之後，都幸災樂禍地大笑，這使國王的怒火上升到了極點。國王再也忍不住了，他向邁爾斯坐著的那塊空地走去，對著正在看管他的獄吏大叫：

「你們太放肆了，他是我的僕人，趕快放了他，我是……」

「等一下，你別說了。」邁爾斯知道他要說什麼，他著急地喊道，「你要是再說下去就會闖大禍了。不要理他，執行官，他腦子有點問題。」

「要不要理他是我的事情，不用你來教，不過我現在確實沒有閒情理他，可是我覺得至少也應該給他點教訓。」接著，執行官對一個警官說，「我不喜歡這個小瘋子的態度，給他一兩鞭子。」

休烏斯這時正好騎著馬來到這裡，他是特地來看邁爾斯用刑的情況。他聽到執行官的話，便提議說：「一兩鞭子是不是太少了，給他五、六鞭子才好呢。」

國王一想到有人要鞭打他的聖體，氣得腦袋裡一片空白。這一次，當別人過來抓住他時，他一點也沒有反抗。他想到了史書上曾記載，有一個英國國王也曾被鞭打的事情，那成了歷史的污點，而今天他卻要重演這樣的歷史。現在他流落在民間，若不想接受鞭打就只有求饒，那將更有損國王的威嚴，所以他決定咬緊牙關，接受這次鞭打。

當警官正準備舉起鞭子時，邁爾斯說話了：「放了這個孩子，你們難道沒有人性嗎？連一個這麼弱小的孩子都不放過。好吧，只要你們放了他，我來替他挨這頓鞭子。」

「這眞是個不錯的主意，其實我正想找個機會好好打你一頓，這下我倒省事了。」休烏斯臉上露出得意的笑容，他對執行官說，「把這個小叫化放了，這個傢伙要替他承受，你們就狠狠地抽他十鞭，記住，十鞭，一鞭也不能少。」國王正想說話，可是休烏斯的一句話讓他安靜了下來，「你有什麼話要說嗎？沒關係，儘管說吧，但是你要記住，你每說一個字，他就得多挨六鞭。」

邁爾斯的枷鎖被取了下來，脫光了衣服接受鞭打。當鞭子抽下去的時候，國王就把臉轉向一旁，眼淚順著兩頰流了下來。他心裡想著，勇敢的邁爾斯爵士，你對我是多麼的忠心啊，我一定不會忘記你，等我恢復了地位，我一定會爲你報仇。他越來越欣賞邁爾斯這種救主的精神，感激也隨之增加。他又想道：「他可算是立了大功了，他救了國王，讓國王免於受傷，回到皇宮以後，我一定要好好獎賞他。」

邁爾斯在接受鞭打時一聲不吭，以軍人堅強的忍耐力承受著這頓毒打，連旁邊看熱鬧的人也不由得對他肅然起敬。在接下來的時間裡，這裡既沒有喧鬧，也沒有嘲笑，就連邁爾斯再次戴上枷鎖時，周圍也是一片死寂，和剛才大家不停地辱罵形成一種鮮明的對比。

國王慢慢走到邁爾斯身邊，對他說：

「善良、勇敢的人啊，你的品格已經不足以用言語表達，上帝保佑你。」然後他從地上拾起剛才鞭打邁爾斯的鞭子，輕輕地碰了一下他正在流血的肩膀，小聲地說，「現在，我以英國國王愛德華六世的名義封你爲伯爵。」

邁爾斯大爲感動，淚水馬上湧到了眼眶裡，但在那種地方被一個小瘋子封爲伯爵，實在有些好笑，爲了不讓國王難堪，他很努力地抑制著笑意。邁爾斯光著血淋淋的身子，他從一個普通的犯人扶搖直上，成爲顯赫的伯爵，他覺得簡直太可笑了。他心裡想，現在我已經在小瘋子的王國裡，從爵士榮升爲伯爵，要是再這樣下去，還說不定會成爲什麼呢。雖然我的爵位有些可笑，但這是由一個天眞無邪的孩子眞誠地冊封給我的，比起那些人低三下四地求得眞正的國王冊封要高貴得多。

休烏斯騎著馬準備離開，大家沉默地讓出一條路來。他走了之後，大家又沉默地站攏，就這樣沉默地圍著，誰也不再大聲說話，偶爾還會傳來一兩句讚美邁爾斯的話。但邁爾斯倒不在意，他覺得只要大家不再咒罵他，也就足夠了。

有一個剛到這裡的人，還不瞭解發生了什麼事，就對著邁爾斯說了一句嘲笑的話，然後準備把一隻死貓扔向他。他的手還沒舉起來，在場的人二話不說就把他打倒了。然後，人群又恢復了沉默。

29 到倫敦去

邁爾斯受刑完畢之後，執行官把他的劍和毛驢都還給他，然後命令他馬上離開漢屯，永遠不准再回來。他騎著驢子，帶著國王走了，人群自覺地給他們讓出一條路來，目送著他們往離開漢屯的大路走去。

邁爾斯走出漢屯之後就一直低著頭思考問題，現在他們應該到哪兒去呢？他必須找到一個能給他援助的人，要不然就只好放棄他的繼承權，還要一直背負著騙子的罵名。可是什麼人才能幫助他呢？突然，一個念頭閃過他的腦海。他記得家裡的老僕人來牢裡看他時曾說過，現在的國王十分善良，會幫助所有受了冤屈的人。邁爾斯高興極了，何不去找國王呢？國王一定能爲他主持公道。可是，以他現在的身分，能見到國王嗎？邁爾斯覺得，先不要想那麼多，到了倫敦再想辦法也不遲。以前還是軍人的時候，不也遇到了很多問題嗎？到最後還是全部解決了。也許可以去找父親的好朋友韓弗理．馬婁爵士，他的頭銜不知道是前任國王的御廚還是別的什麼總管，只要找到他，就一定有辦法見到國王。

有了目標之後，邁爾斯原本沮喪的心情全都隨風飄散。他抬起頭看看四周，漢屯早已被甩在身後，而國王卻低著頭走在後面。邁爾斯剛有些愉快的心情，就又有了幾絲焦慮，他原本是想好好照顧這個孩子，沒想到反而讓他吃了這麼多的苦。他不知道這個孩子是不是願意再跟著他到處奔波，於是就問道：

「國王陛下，請問現在我們應該上哪兒去呢？」

「到倫敦去。」

於是邁爾斯就和國王一起向倫敦走去。當他們到達倫敦大橋的時候，已經是二月十九日的晚上十點多鐘了。他們看見無數的人群踏上倫敦橋，那些人都喝了很多啤酒，正在瘋狂地亂吼亂叫。這時候有一顆頭不知從什麼地方掉了下來，那顆頭的主人也許是以前的公爵或是別的貴族。這是已故的國王命令放在這裡的，因爲這顆頭的主人冒犯了國王，所以應該得到這樣的懲罰。有一個人踩到那顆人頭上摔了一跤，他的頭撞到了前面的另一個人，那個人轉過身來，看也沒看就向身邊最順手的一個人打去，而他又立刻被這個人的朋友打倒……因爲第二天就是國王的加冕儀式，現在大家就已經開始狂歡了。雖然邁爾斯已經很小心，但人潮還是把他和國王沖散了。

那麼，現在我們來看看湯姆怎麼樣了。

30 湯姆的進步

眞正的國王穿著寒酸的衣服，吃著難以下嚥的飯菜，被遊民們追打、奚落，和盜賊一起坐牢，被百姓們叫做騙子和瘋子。而假國王湯姆．康第卻在皇宮裡享受著帝王的生活。

上次提到湯姆時，他已經有些習慣了帝王的生活，而現在，他簡直和眞的國王沒有兩樣。他不再懼怕皇宮裡的一切，因爲他是國王，就算他有什麼地方做錯了，也沒有人敢笑話他，更沒有人敢罵他。湯姆還是經常把代鞭童叫到宮裡，然後從他那裡探聽很多有用的消息。他無聊的時候就會把伊莉莎白公主和潔恩・格雷公主叫到他面前；要是他玩累了，就打發她們離開，他神氣的樣子就好像他生來就是國王一樣。

他漸漸喜歡上了晚上被人領著，在寬大的屋子裡睡覺。喜歡早晨起來，用複雜的儀式給他穿衣，接著前後都跟著一大群衣著華麗的大臣到餐廳用餐。他喜歡這樣的大排場，所以讓人把衛士增加了一倍。每天聽著悅耳的號角聲和不斷高呼「給國王讓路」的聲音，他的心裡就覺得特別高興。

他還對坐朝有了很大的興趣，雖然攝政王還是把他當成傳達意見的工具，但他自己卻不這樣認爲，經常提出自己的意見。他還喜歡接見各國派來的大使，那些國王在來信中都稱他爲「兄弟」，這讓垃圾大院出生的湯姆・康第心裡特別暢快。

他也喜歡那些華麗的衣服，儘管大衣櫃裡已經掛滿了各式各樣的衣服，但他還是又讓人縫製了一些。他覺得國王不應該只有四百個僕人，所以就把僕人的數量增加了兩倍。那些畢恭畢敬的大臣們每天對他的阿諛奉承，在他眼裡都是一種悅耳的旋律。儘管過著如此豪華的生活，湯姆的本質卻沒有改變，始終保護著那些被壓迫的人。只要他聽說有不公平的法律，他就會盡力去廢除它們，有時甚至會因此而對公爵、伯爵大發雷霆。

有一次，他的「皇姐」瑪麗公主對他說，他不應該放了那些準備處以絞刑或其他刑罰的人，還說他的父親之所以能把英國統治得有條不紊，是因爲他的嚴厲。他曾經把六萬個犯人關在牢裡，還把七萬二千個小偷和強盜一同處死，這才是國王應該有的作風。湯姆聽了後大爲震怒，命令瑪麗公主回到自己的臥室裡好好反省一下，說她的胸膛裡裝的根本就是石頭，還懇求上帝拿掉那塊石頭，給她重新換上一顆仁慈的心。

難道湯姆．康第已經忘了可憐的小王子嗎？王子曾經那麼和善地跟他說話，王子爲了懲罰曾經欺負湯姆的衛士而跑出去，也因此而流落民間。他把一切都忘記了嗎？當然沒有。他剛當上國王的時候，日日夜夜都想念著失蹤的王子，希望王子能夠早一點回來，恢復他自己的王位，也讓湯姆恢復自由的生活。後來，日子一天天過去，王子一點消息也沒有，湯姆漸漸喜歡上皇宮奢華的生活，失蹤的王子便漸漸從他的腦海裡消失。現在，湯姆幾乎把王子的影子當成可怕的幽靈，極力地想把他從自己的腦海裡清除。

被湯姆遺忘的還有他的母親和姐姐。剛開始的時候，他也曾因爲見不到她們而悲傷不已，可是後來，他的想法漸漸發生了變化。只要他一想到母親和姐姐有可能會穿著又舊又破的衣服擁抱他，把他從高貴的王位上拉下來，帶他回到垃圾大院，繼續過貧苦的生活，心裡就不由得慌亂起來。最後，他乾脆不再想這些事情，所以每當他不小心想到她們時，就會覺得腦子快要裂開似的疼痛。

二月十九日的晚上，湯姆睡在鋪著天鵝絨的床上，身邊站著許多忠心的奴僕，享受著一切只有帝王才能享受的待遇。明天就是他加冕的日子。從明天開始，他就是英國眞正的國王了。而這時，眞正的愛德華國王卻站在西敏寺大教堂外，看著來來往往的人群正在為明天的加冕儀式做準備。

31 新王出巡

二十日的早上，湯姆．康第剛醒來，就聽到從四面八方傳來震耳的吵鬧聲。這些聲音在他聽起來，覺得悅耳極了，因為這些都是為了慶祝他加冕的歡呼聲。

按照古老的習俗，湯姆不久就要到倫敦城裡巡遊，而巡遊的隊伍必須從倫敦塔出發。因此，他接下來就要準備到那裡去了。

當他們到達那裡的時候，那個平常看起來無比莊嚴的堡壘好像裂開了一樣，從每條裂縫裡鑽出一道火舌和一道白煙。接著，又響起了一陣震耳欲聾的爆炸聲。大家看著火光和白煙一次又一次地出現，聽著一次比一次響亮的爆炸聲，都感到興奮無比。不一會兒，倫敦塔就被淹沒在濃濃的白煙之中，只能看見頂上的白塔巍巍聳立。

湯姆・康第穿著一身華麗的盛裝，騎著一匹高大的白馬，馬身上的裝飾多得快要垂到地上。他的「舅父」，攝政王赫德福也騎著馬跟在他後面。國王的衛隊穿著閃亮的盔甲走在兩邊，而一長串貴族們跟在赫德福的後面，他們的侍從都跟在身邊。再後面，是穿著大紅衣服的市長和參議員，他們胸前都掛著金燦燦的鏈子。在他們後面是倫敦各行各業的知名人士，他們也都穿著講究的衣服，拿著代表自己行業的旗幟。在整個巡遊隊伍中，最引人注目的還是古老的榮譽炮兵連，這個部隊已經有三百年的歷史了，享有一項特殊的權力：可以不接受國會的命令。當這個威風凜凜的巡遊隊伍從人群中穿過時，可以聽到熱烈的歡呼聲和祝賀聲。史官是這樣記載的：

國王巡遊時，百姓夾道歡迎，說著祝福他的話，可以看出百姓有多麼愛戴他們的國王。國王臉上始終掛著笑容，他不斷地向遠處揮手致敬，滿意地接受百姓的朝賀，他很高興百姓們如此愛戴國王。有人高喊著，『願上帝保佑國王陛下』，國王聽到了之後，也回答，『謝謝你們的祝福，願上帝保佑大家。』百姓們聽到國王仁愛的回答，看著他慈祥的目光，心裡感到萬分的欣喜。

巡遊的隊伍走到芬斯奇街上時，看見臺上有一個衣著華麗的孩子。這個孩子一直在高唱著頌歌，頌歌的最後一段是這樣的：

御駕光臨，萬民歡迎。
歡迎御駕，情意難言。
唱頌歡迎，心也歡迎。
天佑聖主，福壽無邊。

百姓們聽了之後發出一陣歡呼，和那個孩子一起高呼頌詞。湯姆・康第聽著大家狂熱的歡呼聲，看著人們熱切的面孔，心中感到無比驕傲。他覺得一生之中最快樂的事情就是當國王了，因爲國王才能成爲全國人民崇拜的偶像。

突然，他在人群裡看見兩個垃圾大院的孩子，其中一個在垃圾大院的模擬王國裡擔任海軍大臣，還有一個擔任過御寢大臣。湯姆看到他們，感到更加得意了，心想要是他們現在能認出他，那該有多好啊！湯姆想讓他們知道，以前垃圾大院裡的假國王當上了眞正的國王，所有的貴族都得聽從他的命令，整個英國都在他的掌控之中，這是多麼榮耀的事啊。可是他不得不抑制住這個想法，要是眞讓他們認出來，那他將不能再享受這種榮耀。於是他轉過頭去，繼續聽著百姓們的歡呼。

這時，從人群出傳出一陣叫喊聲：「國王陛下，給賞錢啊。」湯姆聽了之後笑了笑，抓出一把亮晃晃的錢幣向空中撒去，大家爭相搶奪。

史官這樣記載：

百姓們在格雷斯秋奇街西頭那個大招牌的下面，搭建了一座豪華的拱門，拱門下還搭了一個戲臺，戲臺橫跨街道的兩邊，這個戲臺被用作陳列國王已故先人的雕像。戲臺上有約克皇族的伊莉莎白，她坐在一朵巨大的白玫瑰當中，潔白的花瓣成了她精緻的裙襬。亨利七世坐在她旁邊，他的身子是從一朵紅色的大玫瑰當中伸出。他和伊莉莎白手挽著手，結婚戒指很明顯地露在外面。一枝花莖從這兩朵花中間伸出，托起第二層戲臺上的亨利八世，新國王的母親潔恩・賽莫爾坐在他的身邊。從他們身邊，又發出一根花莖，穿著盛裝的新國王正坐在寶座上。

人們很喜歡戲臺上紅色和白色玫瑰的組合，所以他們拼命地鼓掌，來表達自己內心的喜悅。如雷的掌聲把孩子的頌詞都淹沒了。雖然湯姆因爲聽不到頌詞而有些失望，但他並不生氣，因爲這種掌聲是百姓們表達感情最直接的流露。湯姆把臉轉向戲臺，大家看到雕像和國王本人簡直一模一樣，於是馬上傳來一陣又一陣的歡呼聲。

盛大的巡遊儀式還在進行，街道的兩旁還陳列著許多連環畫，這每一套連環畫，都歌頌著小國王高尚的情操。在契普賽街上，家家戶戶的窗前都掛著旗子和飄帶，這些都是商店裡的樣品，全是用最講究的金絲緞做成。把它們掛在人流如潮的大街上，不僅可以讓更多的人瞭解這些商品，還可以爲巡遊的歡迎儀式增光。

「原來這些名貴的布料掛出來都是爲了歡迎我啊，國王眞是了不起。」湯姆喃喃地說。湯姆太激動了，他的眼睛不時閃耀著幸福的目光，有一種就要飛到天上去的感覺。這時，他又拿出一把錢幣，剛向外灑出，就看見一副蒼白的面孔，還有一雙專注的眼睛在看著他。湯姆一陣慌亂，他認出那是母親的眼睛，於是馬上把手往上一舉，掌心向外，遮住了眼睛。

這個動作讓湯姆的母親非常肯定地覺得，眼前這個男孩就是自己的兒子，因爲每當兒子受到刺激時，都會做出這個動作。她沒有猶豫，拼命從人群裡擠了出來，衝過警戒線，抱住了湯姆的雙腿，並大聲地叫道：「可憐的孩子，我終於找到你了。」她抬頭望著他，找到兒子的歡喜讓她的臉不再蒼白。

衛隊發現有人闖過警戒線時，馬上有個軍官大罵一聲，用力地拉了她一把，把她推回警戒線外。當母親抱住湯姆的腿時，湯姆很想說，你是誰啊？可憐的女人，我不認識你啊。可是他始終沒說出口，他覺得良心十分不安。當他看母親最後一眼時，看見她充滿了委屈，傷心和難過，他的心情一下跌到谷底，因爲當上國王而得意的快感也煙消雲散了。

巡遊的隊伍繼續向前進，百姓的呼聲越來越高，但湯姆好像聽不到似的，一點反應也沒有。國王的身分已經不再讓他感到高興，百姓的歡呼也彷彿成了有毒的匕首。他心裡說道：「上帝，求你讓我恢復身分吧，我不想讓國王的身分束縛著我。」

壯大的巡遊隊伍像一條閃著金光的長蛇一樣，穿過倫敦城的大街小巷，從那歡呼的人群中走過。但國王卻一直低著頭，他現在滿腦子只有母親那副委屈難過的神色。

「國王陛下，給賞錢啊，給賞錢啊。」喊聲震耳欲聾，但湯姆毫無反應，他的耳朵就像失去了聽覺一樣。

百姓們高呼著「大英國王陛下愛德華萬歲！」這種喊聲大得足以把地面都震動，但傳到湯姆耳朵裡時，只剩下微風般的聲音。因爲，他的心裡被另一個聲音所占據：「你是誰啊，可憐的女人，我不認識你啊。」

這句話一直在他的心裡重複著，它深深地刺痛了湯姆的心，覺得自己就像親手殺死了自己的母親一樣。

赫德福很快就注意到湯姆的反常，於是他趕快騎著馬跑到國王身邊，低聲地對他說：「國王陛下，現在請不要胡思亂想，百姓們看見您低著頭，悶悶不樂，一定會以爲有什麼不好的事情將要發生。難道您沒發現他們的歡呼聲已經小很多了嗎？請陛下聽我一言吧，對著百姓們微笑。」

赫德福一面說，一面向周圍撒出一把錢幣，然後退回國王身後。國王按照赫德福的吩咐，抬起頭繼續對著大家微笑。沒有人能夠看出，那是多麼無奈的微笑啊。他繼續向百姓們撒出錢幣，他的慷慨讓百姓們再度狂熱地大叫，歡呼聲又和剛才一樣響亮了。

當巡遊快要結束時，赫德福見國王的情緒還是很低沉，於是又騎馬上前，對國王說：「國王陛下，請您高興一點吧，今天就是您加冕的日子，難道您不爲此而感到高興嗎？大家都在看著您呢。」接著他又不耐煩地說了一句：「都是剛才那個瘋婆子，都是她擾亂了陛下的心情。」

湯姆聽到赫德福罵他的母親，原本死氣沉沉的眼睛變得目光炯炯。他生氣地說：「你怎麼可以那麼說她，她可是我的母親啊！」

「我的天啊，」赫德福無奈地退回到國王後面，他呻吟著說，「看來國王的病又犯了，他正在說瘋話呢。」

32 加冕大典

我們現在倒退幾小時，到將要舉行加冕大典的西敏寺大教堂去看看吧。雖然還是凌晨四點鐘，但那裡早已擠滿了舉著火把的人群。他們都規規矩矩地坐著等待，要一直等七、八個小時，等到觀賞國王加冕的盛典。這種場面可能他們一生也只能看到一次。一些有錢人早已花錢占了個好地方，可以清楚地看到臺上的加冕儀式。

時間慢慢地過去，沒有人再進出，因爲看臺上早已擠滿各式各樣的人，誰也不願意挪動半步，大家都安靜地等待著。現在我們可以仔細地看一看現場的情景。教堂裡有許多的包廂和看臺，包廂是特地爲在英國有特權的人所準備。在寬大的教壇上，鋪著面料講究的地毯，國王的寶座就放在它的中央，上面蓋著金絲緞，底下還放了一個有四級階梯的臺子，好把寶座墊得更高一些。寶座上放著一塊石頭，雖然看起來其貌不揚，但從前許多英格蘭王就是坐在這上面加冕，所以被人們視爲神聖的石頭，又被稱之爲「天命石」。

大教堂裡，火把不知疲倦地燃燒著。大家感覺時間過得特別慢，他們像等待了一個世紀那麼漫長。曙光終於出現，大家熄掉火把，繼續等待。但大家發現天空中堆滿了厚厚的白雲，還有一層薄薄的霧氣，老人們都說，這樣的天氣是不好的預兆。

七點鐘的時候，大教堂沉悶的氣氛被第一個走進的貴族夫人打破。這位貴夫人穿著華貴的服飾，由一個穿著天鵝絨衣服的官員領到專用的包廂裡。在她身後還有一個官員，專門為她提起身後長裙的後襬，當夫人坐下的時候，就把長長的後襬放在她的膝蓋上，又把踏腳凳擺好，然後把帽子放在手邊，以便加冕時可以順手拿到。

過了一會兒，貴族夫人們像潮水一樣擁了進來，許多穿著天鵝絨衣服的官員進進出出，帶領著她們到自己的位置坐下來。現在的場面已經很熱鬧了，到處都有人在走動，被五顏六色的服飾點綴著，感覺就像處在一片花海之中。這裡有各種年齡的人：膚色棕黃，滿頭銀絲的貴族老婦人，她們可能還記得理查三世加冕時的情景，還可以記得以前動盪不安的局面；還有一些中年婦女和可愛的年輕貴婦。這些年輕貴婦們是第一次參加加冕儀式，從她們的言行舉止裡可以看出非常地興奮，以至於走路都有些不自然。當然，這沒什麼關係，反正大教堂有好幾萬人，沒有誰會注意到這點小事。

這些坐得整整齊齊的貴婦們，全身都戴著閃亮的珠寶，有人暗自稱讚著這個了不起的場面，但更了不起的場面還在後面。大約九點鐘的時候，天空中的白雲開始慢慢散開，一道耀眼的陽光劃破薄霧，射到那一排貴婦人的身上，透過寶石發出五彩光芒。整個教堂的人都被這種場面所震動，這種奇觀也許是千百年來難得遇見的。這時，一個外國大使走在前面，帶著所有的大使一起走了進來，太陽射在他的身上，閃耀的光彩讓所有人都透不過氣來，因爲他的全身綴滿了珠寶，他每走一步，光彩也隨之跳躍。

閒話還是少說，我們看看主角什麼時候才會現身吧。大家欣賞著教堂裡的五光十色，時間不知不覺就過了兩個半小時。一陣沉悶的炮響宣告國王即將來臨，等待的人們激動起來了。國王沒有這麼快進入大家的視線，因爲他還得精心地打扮一下，穿好禮服，以最光彩的一面出現在大家面前。全國的貴族們就利用這段空檔時間進場，官員們把他們領到特定的位置，然後替他們把帽子放好，看臺上的那些人也目不轉睛地盯著他們。很多人是第一次見到頭銜是公爵、伯爵和男爵的人，所以都很興奮。

接下來，幾個穿著專用法衣、戴著法帽的教會主教走上教壇，坐在早已安排好的位置上。他們後面跟著赫德福伯爵和其他幾位重要的大臣，還跟著幾位穿著盔甲的皇家衛士。

又等了一陣，只聽見一聲號角響起，樂隊奏起喜悅的音樂，湯姆・康第穿著金絲緞的長袍出現在教堂門口，走上了教壇。在場的人都站了起來，莊嚴的加冕儀式正式開始了。

一首美妙的讚歌之後，湯姆就被帶到國王的寶座上去。一切都按照古老的儀式進行著，莊嚴的氣氛讓所有的人大氣都不敢喘一口。當儀式將要結束的時候，湯姆的臉色已經變得慘白。他心裡痛苦極了，他多想擺脫現在的場面，但有那麼多人看著他，他只有強忍著心裡的不快。

儀式終於進行到最後一項，坎特伯利大主教捧起英國的王冠，準備往正在發抖的湯姆頭上戴。與此同時，所有的貴族們也拿起身邊的帽子，舉在頭上，並一直維持這種姿勢。

教堂裡一片死寂，連呼吸的聲音都聽不到。正當關鍵的時刻要到來時，一個黑影出現在教堂。因爲大家都盯著坎特伯利大主教手中的王冠，所以誰也沒有注意到他的存在，直到後來，他出現在通往教壇的大道上時，人們才發現這個男孩。這個孩子光著頭，身上的衣服破舊得和這裡的環境格格不入，但他舉起雙手時的氣勢，沒有因爲他衣服的寒酸而減弱。他大聲叫道：

「你們在幹什麼？我不許你們把莊嚴的王冠戴在假國王的頭上，我才是眞正的國王。」

所有人都吃驚地望著他，而且有幾個衛士已經迅速地抓住他。湯姆馬上向前走了幾步，命令道：

「快放開他，他確實是眞正的國王。」

人群中出現了慌亂，很多人都從座位上站起來，不知所措地望著這兩個孩子，他們懷疑是不是在夢中聽到這些對話。赫德福伯爵看起來還算鎮靜，他用威嚴的聲音說道：

「皇上的老毛病又犯了，別聽他的，快把那個小乞丐抓起來。」

衛士正要動手時，湯姆跺著腳生氣地說：

「我都說了他才是國王，你們誰也不許碰他，違令者死！」

衛士們都不敢再輕舉妄動，呆呆地站在那兒。其實不管是誰，只要遇到這種情況，也都會變得不知如何是好。當大家正在思考到底怎麼回事時，那個孩子已經向教壇上走去，他表現出來的高貴氣質讓人捉摸不透。當大家還沒回過神來時，孩子已經走上了教壇，湯姆高興地在他面前跪下，說：

「啊，尊敬的國王陛下，您終於回來了，請您讓我回到垃圾大院吧，讓我向您說一句『請戴上王冠，恢復王位吧！』」

赫德福吃驚地盯著這個孩子的臉，他嚴肅的神色馬上變成了驚愕。其他的大臣們也是同樣的表情，他們對望了一眼，心裡都想著同一件事：「這兩個孩子長得太像了，眞是太奇怪了。」

赫德福認眞地想了幾分鐘，然後走上前去，對小國王說：

「能容我問幾個問題嗎？」

「你儘管問，我都會一一回答。」

接著，赫德福就問了好多問題，有的關於朝廷，有的關於前任國王，有的關於王子和公主們之間的趣事，這孩子都能對答如流。他把宮裡一切都描繪得那麼準確，還把前任國王和自己住的房間構造說得一清二楚。

所有聽到的人都在想，難道他眞的才是國王嗎？瞧他對宮裡的事多麼熟悉啊，眞是太奇怪了。湯姆高興極了，只要眞正的國王回來了，他就可以回到骯髒的垃圾大院，見到親愛的母親和姐姐們。可是赫德福卻搖搖頭說：

「雖然你知道這麼多事情，但這都不算什麼，國王陛下也能清楚地說出剛才的一切。」湯姆聽到赫德福還是把他稱爲國王，立刻覺得自己很可能仍要被關在金色的牢寵裡。想到這裡，他便用悲哀的眼光看著赫德福。

赫德福想了一會兒，又搖搖頭，心裡想道，如果這個謎永遠解不開，那將對國家帶來多大的傷害啊！我不能讓這件事情，耽誤了今天的加冕大典。

「湯瑪斯爵士，抓住這個……不，等一下。」赫德福正在下命令時，突然想到一個方法，於是興奮地對穿著破爛衣服的孩子提出了一個問題：

「玉璽在哪兒？只要你回答出這個問題，那我就可以肯定你是眞正的國王。因爲玉璽一直都由王子保管著，只有他知道放在哪裡。」

大臣們互相望了幾眼，大家都覺得這個主意實在太好了，心裡都在暗暗爲這個主意喝彩。很有可能是有誰教過這個孩子一些東西，但只有眞正的王子才知道放玉璽的地方，這個難題很快就可以得到解決。大家都準備看這個孩子因玉璽的難題而驚惶失措，嚇得倉皇逃竄。可是孩子卻沒有像大家所想那樣，他馬上就從容地回答道：

「這個太簡單了。」然後他轉過身去對一個人吩咐著，他的口氣好像生來就慣於下命令一樣，「聖約翰伯爵，我的房間只有你最熟悉。你馬上回到皇宮，在我的房間通往前廳的門最左邊的一個小角落裡，有一個黃銅的釘頭形裝飾，你按一下，就會跳出一個小箱子，玉璽就在裡面，去把它拿來吧。很吃驚是嗎？就算你對那裡再熟悉，也不知道有這樣的機關吧？除了我和設計的工匠之外，沒有任何人知道。」

所有人都爲他的話感到驚訝，當這個孩子毫不遲疑地把臉轉向聖約翰並命令他時，那神色像極了眞正的國王。聖約翰也被嚇了一跳，他正要去執行命令，才發現命令是這個闖進來的孩子發出的，他臉一下紅了，尷尬地站在原地。湯姆・康第看著聖約翰厲聲地說：

「你沒聽見國王下達了命令嗎？還不快去辦？」

聖約翰準備向國王鞠躬去執行命令時，才發現不知道到底應該面對誰才好，於是只好對著中間的空地鞠了一躬。

接下來的情景有些好笑。有些大臣慢慢地移動著，雖然不是很明顯，但還是可以感覺到人群漸漸移到新來的孩子身邊，湯姆身邊只剩下一些膽小的人一動也不敢動。湯姆有些孤單地站在一邊。又過了一陣，湯姆身邊那些膽小的人都匯集到人多的一方。湯姆穿著國王的長袍，戴著滿身的珠寶，孤零零地站著。大家都認爲新來的孩子才是眞正的國王。

聖約翰很快就回來了，當他穿過教堂長長的通道時，原本還在低聲竊語的大臣們都不再出聲，安靜得只剩下沉悶的腳步聲。他走上教壇，毫不猶豫地向湯姆鞠躬，然後說：

「國王陛下，那裡並沒有玉璽。」

那群站在孩子身邊的大臣們嚇得臉色慘白，急忙像躲避瘟疫一樣逃到湯姆身後，並憤怒地看著對面的孩子。赫德福生氣地叫道：

「把這個小叫化抓起來拉到街上去，還要用鞭子趕著遊街，這種小騙子就應該受到這樣的教訓。」

衛隊的軍官正準備上前抓住孩子時，湯姆．康第一把攔住他們，說：

「誰也不許對他無禮，要不然我就處死他。」

赫德福無奈地對聖約翰說：

「你仔細找過了嗎？算了，問了也是白問，不重要的小東西還有可能無緣無故地不見，但玉璽這麼重要，怎麼會隨隨便便失蹤呢？那麼大個金色的圓餅……」

「等等，」湯姆．康第連忙說道，「你說的東西是不是圓圓的，很厚，上面還刻了許多花紋？原來你們一直在找的東西就是那個啊。要是你們早一點告訴我像什麼樣子，那你們早就找到了。我知道玉璽在什麼地方，我只是拿出來看過，最開始並不是我放在那裡的。」

「那是誰放的呢？」赫德福問。

「就是他啊。」湯姆指著對面的孩子說，「他才是眞正的國王，讓他自己告訴你們玉璽在什麼地方吧，那時候你們就會相信他才是眞正的國王了。您好好想一想吧，國王陛下，您一定能想起來的。容我提醒您一下，那天您穿著我的破衣服，準備出去教訓那個侮辱我的衛士，出門的時候就把玉璽收好了，現在您再想想把玉璽放哪兒了？」

接下來又是一片沉寂，所有人都望著那個孩子低著頭站在那裡，正努力地回憶著一些事情。他要是把這件事情想清楚了，那國王的寶座就在眼前，要是想不起來，那他就只有當一輩子的乞丐了。時間慢慢地過去，這個孩子一直盡力地思考著，最後，他歎了一口氣，沮喪地說：

「我把當時的情景仔細地回想了一遍，但還是想不起到底把玉璽放在什麼地方了。」接著，他又垂頭喪氣地望了望大臣們，「各位大臣，如果你們因爲眞正的國王拿不出證據證明他是國王，就斷定他是騙子，那我無話可說，因爲我想不起玉璽到底放在什麼地方……」

「哦，天啊，國王陛下，您怎麼能這樣說呢？」湯姆慌張地說，「請您再想想，您一定能想起來的，您現在聽我再說一遍。我們那天先聊了一會兒天，我還聊到了我的姐姐，媽媽和爸爸，奶奶，還有我在垃圾大院裡玩的遊戲，這些事您都記得嗎？太好了，您還沒忘，您一定可以想起來的。您還給我準備吃的，然後把僕人們都叫到門外，以免我吃飯時出醜，讓他們笑話，太好了，這個您也記得。」

湯姆把當時的情景一一回憶，這個孩子也不停地點頭，在場的大臣們都奇怪地望著他們。雖然他們說的話好像有根有據，但一個王子怎麼會和一個乞丐在一起呢？他們之間到底發生了什麼事呢？

「國王陛下，您說想試試我身上的那件破衣服，所以我們就互換了衣服，奇怪的是，我們換了之後往大鏡子前一站，我們都嚇到了。原來我們長得如此的相像。後來您發現我的手受傷了，就是門口的那個士兵弄傷的，所以您就很生氣地要去找他，於是您穿著我的破衣服就準備出去。當您走到一個桌子前時，您看見你們說的那個玉璽放在上面，您向四周望了望，就把它放在了一個地方，那個地方很容易看到……」

「行了，我想起來了，感謝上帝。」孩子高興地叫道，「聖約翰伯爵，你再回到我的房間裡，那裡掛著一件銅製盔甲，玉璽就在護臂裡。」

「眞是太棒了，您終於想起來了，國王陛下，」湯姆也很高興，「現在英國國王的寶座我可以還給您了，沒有人敢再說您不是國王。聖約翰伯爵，你還愣在那裡幹什麼？快去拿玉璽啊。」

所有人都站了起來，大家都爲這個變故而感到不安，臺上臺下紛紛議論開了。時間在議論聲中很快過去，沒有人注意到底過了多久。後來，當聖約翰再次回到教堂時，大家又停止了議論，當他把手裡的玉璽高高舉起時，大家都高呼：

「眞正的國王陛下萬歲！」

歡呼聲和鼓樂聲連成一片，人們激動得把手巾拋到空中，而這個穿著破舊衣服的孩子站在教壇中間，他終於成功地成爲英國的國王。

「尊敬的國王陛下，請您收回國王的長袍，把那身破爛的衣服還給可憐的湯姆吧。」

赫德福大聲地說：

「這個才是眞正的騙子，馬上把他抓起來，關到監獄裡去吧。」

但是眞正的國王卻說：

「我不同意，誰也不准傷害他，要不是他一直提醒我，你們現在也許已經把我趕出去了，我也不可能恢復王位。我的舅舅，威嚴的攝政王，要是你這樣對他，那你也未免太忘恩負義了吧。聽說他還把你封爲公爵呢。」赫德福的臉都漲紅了，國王繼續說，「可是他並不是眞正的國王，所以他封的公爵沒有任何意義。明天你重新申請這個爵位吧，可是得讓他替你申請，要不然你還是一個伯爵。」

國王轉過頭來看著湯姆，和藹地說：

「好心的孩子，我都已經忘了玉璽在什麼地方，你怎麼知道呢？」

「國王陛下，我當然知道了，因爲我還用了好幾天呢。」

「用了好幾天？那你爲什麼還找不到它在什麼地方呢？」

「可是我不知道那是什麼東西啊，又沒有人告訴我那個就是玉璽。」

「那你用玉璽做了什麼呢？」

湯姆的臉馬上紅了，他低下頭看著地面，什麼話也不說。

「你說吧，不管你用它幹了什麼，我都不會怪罪你。」

湯姆結結巴巴地說了老半天，最後才把眞相說出來：

「我用它砸栗子了。」

他的話引起了全場的大笑，現在大家全都相信湯姆確實不是眞正的國王，因爲無論哪個國王，都不會用玉璽來砸栗子。

這時，那件華麗的國王禮袍已經換到眞正的國王身上，他的破爛衣服完全被遮蓋住了。加冕儀式繼續進行。國王在戴上王冠的同時，天空中放起了禮炮。人們歡呼著，整個倫敦都被高呼的聲音所震動。

33 愛德華國王

邁爾斯・亨頓從倫敦橋的混亂中擠出來時，身上僅剩的幾個錢全被扒手偷光了，但他沒有太在意這些，一心只想著要找回走失的孩子。他是個聰明的人，不會漫無邊際地亂找，而是先靜下來想想，這個孩子可能去了哪裡。

要是離開他，這孩子會怎麼辦呢？他會去什麼地方呢？邁爾斯首先想的是這個問題。他想，雖然他的腦子有點問題，但出於本能，他應該會回到自己的家去。但是他的家又在什麼地方呢？從他的穿著和那個自稱是他父親的傢伙看來，他一定住在倫敦一個最窮、最亂的地方，這種地方可多著呢，想找他可不容易。不，應該很容易，這個小瘋子成天說自己是國王，那肯定會引來無數的人嘲笑，只要找到成堆的人，那孩子就可能在裡面。對，就這麼辦，要是找到他，一定要把他身邊嘲弄他的人都打倒，保護好那個小可憐蟲。

於是邁爾斯開始按計畫尋找，他找了一條又一條偏僻又骯髒的小巷，撥開一個又一個成堆的人群，還是沒有找到孩子的蹤影。不過他並沒有因此而懷疑自己的計畫，他想，計畫是沒有錯的，可能是我們在時間上錯過了，再找一會兒，一定可以找到的。

找到天亮的時候，他唯一的收穫就是已經筋疲力盡，而且又睏又餓。他很想去吃點東西，但身上沒有一點錢。他的劍倒可以拿去當點錢，但這是一件很不體面的事。他又想到他的衣服，可是，那種破得像碎片的衣服有誰會要呢。

直到中午，他還在到處遊蕩著找那個孩子。他一直跟著國王巡遊的人群尋找，他認為這麼熱鬧的場面孩子一定會來觀看。他一直走到西敏寺大教堂也沒有看到孩子，於是又找了一會兒，就決定離開這裡，重新制定尋找計畫。但是這時天色已經暗了，他所在之處離城市已經很遠，只看見一些別緻的樓房，那都是有錢人住的地方，不會歡迎穿著碎衣服的人。

還好，天氣還算暖和，他在一道籬笆邊躺下，想著近來發生的事情，很快就有些迷糊了。他好像聽到禮炮聲從遠處傳來，於是自言自語地說：「新王加冕了。」接著，他就進入了夢鄉。在這之前，他已經三十多個小時沒有合過眼了。

邁爾斯睡到第二天快中午的時候才起來，他全身肌肉酸痛，肚子餓得要命。他到河邊洗了洗臉，然後一個勁地喝水充饑，隨後向皇宮走去。他喝水的時候想了一個新的辦法，先找到韓弗理・馬婁爵士，向他借點錢，然後再重新制定計畫。

快十一點的時候，他來到皇宮外面，在很多衣著華麗的貴族中間，他那一身破爛的衣服最引人注目。邁爾斯打量著身邊的每一個人，他希望有個人能夠幫他找到韓弗理爵士，並傳達他的意思。至於他自己進宮，那根本就是不可能的事情。

這時，國王的代鞭童從他身邊走過，然後他又突然轉過身來，盯著邁爾斯。他心裡想道，國王形容的流浪漢不就是他嗎？我真是笨，剛才人明明就在我眼前，我都沒有認出來，他的樣子和國王形容的簡直一模一樣。我得跟他說話才行，這次我可能會立大功呢。

邁爾斯也感覺到有人在身後盯著他，於是轉過身來，看見一個孩子正看著他，於是他走上前去問道：

「我看見你剛才從宮裡出來，你是在宮裡當差嗎？」

「是的，先生。」代鞭童正愁不知道怎樣開口，沒想到邁爾斯主動和他說話了。

「那你認識韓弗理・馬婁爵士嗎?」

代鞭童很吃驚,他心裡想,他不就是我去世的父親嗎?這個人怎麼會問起我父親呢?於是他大聲地回答道:「認識啊,還很熟呢。」

「眞是太好了,他在裡面嗎?」邁爾斯指的是皇宮裡面。

「在裡面啊。」代鞭童回答道,但他在心裡又補了一句,在墳墓裡面。

「我能請你幫個忙嗎?你告訴他我的名字,說我有幾句話想對他說,行嗎?」

「當然可以,我很願意爲你效勞。」

「那請你告訴他,理查爵士的兒子邁爾斯・亨頓在外面等他。眞是太感謝你了。」

代鞭童有些失望,國王陛下明明就稱他爲邁爾斯爵士啊。可是他又想,這樣也行,說不定他們是兄弟呢,要是帶他進去,國王陛下一定會問出什麼線索,那他也算是立功了啊。他對邁爾斯說:「你到那邊去等一會兒,我先進去了。」

邁爾斯來到代鞭童所指的地方,那是一間潮濕的小屋子,裡面有一張石頭做成的長凳,下雨的時候有些士兵會來這裡避雨。他剛坐下,就有一個軍官帶著幾個士兵路過那裡,軍官看到邁爾斯在屋子裡坐著,就讓人把他叫出來。軍官認爲他到皇宮外面來一定有什麼陰謀,所以馬上把他抓了起來。邁爾斯本想解釋一下,但軍官完全不給他機會,沒收

突然他想到一件事，於是毫不猶豫地走到旁邊，拿了把椅子，在國王面前坐了下來。

屋子裡的大臣們憤怒地叫道：「你幹什麼？怎麼可以在國王的面前坐下來？你這個不懂禮貌的鄉巴佬。」

大臣們的騷動引起了國王的注意，他馬上制止道：「別管他，他有這個權力。」

大家都不再說話，只是不解地望著國王，國王說道：

「現在我來告訴你們吧，各位夫人、小姐、大臣們，他就是我最信任的僕人，邁爾斯·亨頓。看到他手中的那把劍了嗎？有好幾次，我都是靠著那把劍才得以免受傷害，也許還救了我的命呢，所以我封他爲爵士。他還有一件更大的功勞，代替我挨了鞭子，使國王免受侮辱，因此我又封他爲英國的貴族，以後他就是肯特伯爵，我還會分給他相應的錢和土地。還有，我已經給了他一個特權，他和他的子子孫孫，在大英國王面前，可以有坐下的權力，只要王位還存在，這種特權就不能取消。」

有兩個人因爲有事耽誤了，所以今天才到。他們剛走進這間屋子不到五分鐘，當他們聽到國王的這番話之後，有些不知所措。這兩個人就是休烏斯和艾荻絲。不過，幸好國王和剛封了伯爵的邁爾斯都沒有注意到他們。

邁爾斯看著國王心想：

「天啊，他眞的是那個小叫化，眞的是我的小瘋子，這就是我收養的窮孩子啊，我不是在做夢，這些全都是眞的啊。」

這時他想起應該有必要的禮節，於是跪到國王的面前，拉著他的手，對他說著永遠會效忠國王的話，然後起身站在一邊。

突然，國王發現休烏斯也在人群之中，他激動地叫道：

「他是個不折不扣的強盜，快捉住他，沒收他的家產，然後把他關起來，我以後再和他算帳。」

休烏斯被帶走之後，房間的另一頭又有人在議論著，只見湯姆‧康第穿著一身講究的衣服走了過來，他在國王面前跪了下來。國王對他說：

「我已經聽說了這幾個禮拜發生的事，你做得很好，你以你那顆仁慈的心治理著國家。你找到你的母親和姐姐了嗎？我說過要照顧她們，至於你的父親，如果你同意，我想把他處以絞刑，因爲他殺了人。」

然後，他轉過頭對大家說：「你們所有人都聽好了，從今天起，住在基督教養院的孩子們除了吃飽穿暖之外，還要讓他們讀書，而這個孩子永遠在那裡擔任管理人員的總領。他曾經當過國王，所以一切都應該與眾不同，因此他穿的這套衣服不允許任何人穿，見到他時都要向他敬禮。他有國王的保護，國王的支持，現在我宣布他爲『受國王保護的人』，以後你們就這樣稱呼他吧。」

湯姆高興地站起來，吻了吻國王的手，由一個大臣帶著他出去了。他出宮之後就馬上去找母親，他要把這個好消息告訴母親和姐姐，告訴她們這幾個禮拜的奇遇，要她們和他一起分享這美好的時刻。

尾聲

休烏斯的惡行被揭穿了。原來那天艾荻絲在漢屯否認邁爾斯，完全是受到休烏斯的威脅，他說要是艾荻絲不這樣做，他就要殺死她。艾荻絲並不稀罕自己的命，可是休烏斯又加了一句，他又改變主意了，要是邁爾斯恢復了地位，那他就派人暗中殺死他。因此，艾荻絲只有無奈地答應了。

休烏斯並沒有因爲謀占父親和哥哥的財產而受到懲罰，因爲他的妻子和哥哥都不願意看到他那樣。後來，他生病死了。不久，邁爾斯就和艾荻絲結了婚，他們回到漢屯的時候，那裡的人爲他們大大地慶祝了一番。

湯姆・康第的父親再也沒有消息。

國王找到那個臉上烙著「奴」字的流浪漢，還找到幫頭一夥人，讓他們過著舒適的生活。

他把關在漢屯的那個老律師放了出來，退還了他的罰金。他還找到燒死在火刑架上的兩個女人的女兒，把她們安頓得很好。鞭打邁爾斯的那個軍官肯定也得到了懲罰。

那個捉了人家養的鷹的人，和偷了織布匠一些布的女人都被減刑了。本來國王還想救那個打死御獵場的鹿的人，但是已經來不及了。

當國王被冤枉偷了烤豬時，那個對他特別仁慈的法官也得到了獎勵。那個法官回去之後，受到大家的尊敬，成為一個了不起的人物。

國王喜歡把他的經歷從頭到尾地講給別人聽，從那個衛兵把他打出皇宮時，一直說到加冕的前一天。他混在人群中，溜到大教堂；他進了大教堂之後，就爬到愛德華王的墳墓上去，在那裡醒來的時候，皇冠差點就戴到了湯姆頭上。他覺得經常講講自己的經歷，就可以使自己想起流浪時所受的苦，從而多頒布一些對百姓有利的法令。

國王在位的時間很短，邁爾斯和湯姆始終是他最信任的人。他死後，也只有他們兩個才眞正地傷心過。邁爾斯雖然有特權，但自從國王死去之後，他就只用過兩次，一次是瑪麗女王登基的時候，還有一次是伊莉莎白女王登基的時候。之後，他的後代也用過一次，再後來用時，已經是二十五年之後了。當邁爾斯的後代在國王面前坐下來的時候，引起了很大的騷動，但最後這種特權還是被肯定了。這個家族的最後一個伯爵，在一次戰鬥中陣亡了，而這種特權也隨著他的去世而不復存在。

湯姆·康第活了很久，當他變得滿頭白髮時，對所有人還是那樣慈愛，沒有因爲是「受國王保護的人」而有一絲改變。他在世時一直受到別人的尊敬，他的服裝也沒有人敢模仿，無論他在什麼地方，別人都會摘下帽子向他行禮。

愛德華國王只活了幾年，但他活著的這幾年做了很多有價值的事。有很多次，大臣們都說國王過於仁慈，當他要修改某條法律時，就有人說：這些法律已經夠寬大了，要是沒有這樣的法律約束，英國不知道會變成什麼樣子。但是年輕的國王會十分堅定地說：

「我已經決定了。你沒有受過法律的壓迫，當然不知道其中的苦；而我卻因爲這些而吃盡了苦頭，要不然你也去試試。」

在封建時代，愛德華六世是最仁慈的一位國王，現在我們要和最仁慈的國王說聲再見，把他的仁德永遠記在心裡，永遠懷念他。

延伸閱讀

1.《湯姆歷險記》The Adventures of Tom Sawyer

《湯姆歷險記》是馬克．吐溫最有影響力的名著之一。小說描寫的是以湯姆．莎耶爲首的一群孩子，爲了擺脫枯燥無味的功課、虛僞的教義和呆板的生活環境，做出的種種浪漫而有趣的冒險。

小說塑造了一個名叫湯姆．莎耶的孩子，他聰明好動，在他身上集中了智慧、計謀、正義、勇敢乃至領導等多種才能。他富於同情心，對現實環境不滿，一心想脫離現實生活，去過一種漂泊流浪、行俠仗義的生活。這個有點類似「綠林好漢」的形象，卻也有自己的煩惱，讓人覺得有血有肉，十分眞實，給讀者留下深刻的印象。

故事從湯姆在主日學校裡的生活開始。他拿出賣刷牆時得到的錢換來的條子，去領取新的《聖經》，結果當有位太太考問他《聖經》內容時，他卻答得牛頭不對馬嘴，讓大家瞠目結舌。當他和蓓琪的關係出現「危機」時，他「大步走出教室，翻過小山，走到很遠的地方，那一天他是不打算再回學校了。」就這樣，湯姆開始了自己的冒險生活。他們一路上經歷了各種危險，但每次都被湯姆的機智和勇敢化解了。最後，湯姆經過激烈的內心掙扎，勇敢地站出來作證，解救了莫夫．波特，體現出湯姆不畏強暴、堅持正義的品格。

馬克．吐溫在描寫以湯姆爲首的一群少年時，並沒有停留在人物的一般刻畫上，而是按照少年的天性發展，對少年的心理也作了較深層次的描述。當哈克請求湯姆讓他「入夥」一起當強盜時，湯姆說：「總的說來，強盜比海盜格調要高，在許多國家，強盜算是上流人當中的上流人，都是些公爵之類的人。」儘管這些見解出自小孩子的口中，但它卻眞實地反映出當時社會給孩子造成的心理印象，已經遠遠超出一個孩子所能思考的範圍。從這個意義上講，這部小說雖是爲孩子寫的，但它又是寫給一切人看的。正如馬克・吐溫在本書的自序中寫的那樣：「寫這本小說，我主要是爲了娛樂孩子們，但我希望大人們不要因爲這是本小孩看的書，就將它束之高閣。」因爲閱讀這本小說，能讓「成年人從中想起當年的自己，那時的情感、思想、言談，以及一些令人不可思議的作法。」

2.《頑童歷險記》Huckleberry Finn

《頑童歷險記》是馬克・吐溫一八八四年出版的一本長篇小說，是美國文學中的珍品。一九八四年，美國文壇還專門爲《頑童歷險記》出版一百週年舉行了盛大的慶祝活動和學術討論，這充分說明了這本小說在美國甚至世界文壇上的重要地位。

與《湯姆歷險記》一樣，小說講述的也是一群兒童的冒險故事。哈克貝里因爲不堪忍受那一套「文明的規矩」，再加上他爸爸的虐待等原因，他終於離家出走，往新的「地域」

去闖蕩天下，進行新的開拓。這個新的「地域」，就是後來的奧克拉荷馬州，它是作者本人一心嚮往的地方，因爲它代表著一種新文化的萌發。

這本小說的強大藝術魅力，在於它描寫了主角對古板的文明規範、沉悶的家庭與主日學校，對這一切的厭惡與反抗。一個十三、四歲的窮孩子，連進出都不走大門，而是從樓上窗口爬進爬出，抱著避雷針上上下下。看似在描寫他調皮搗蛋，實際上卻是讚頌他勇於反抗、勇於開拓、勇於冒險的精神。他隻身一人逃到小島上，搭起窩棚，生起篝火，以釣魚爲生。這個小小年紀的孩子，歷經了千辛萬苦，卻沒有叫過一聲苦，充分地體現了追求自由的不懈精神。

這本小說的語言風格十分特別，馬克．吐溫在描寫哈克貝里的時候，用的是哈克貝里自己的口語，而不是使用刻板的敘述人的語言。這種敘述風格，使小說看起來十分幽默動人，感情與事件高度融合，創造了馬克．吐溫的典型風格。

美國著名作家海明威說：「一切現代美國文學來自一本書，即馬克．吐溫的《頑童歷險記》。這是我們所有書中最好的。一切美國文學都來自這本書，在它之前，或在它之後，都不曾有過能與之媲美的作品。」

3.《康乃狄克北佬在亞瑟王宮廷》A Connecticut Yankee in King Arthur's Court

這也是馬克．吐溫最重要的作品之一。它與《乞丐王子》一樣，也是以英國王朝爲背景。故事寫的是馬克．吐溫在一次旅行當中，認識了一位對中世紀十分熟悉的康乃狄克州人，他告訴馬克．吐溫一個奇特的故事：

一次，這個康乃狄克州人在與工人打架之後昏迷，醒來時，發現自己來到了西元五三八年亞瑟王時代的英國。一個十九世紀的美國佬，倒退一千三百年，隻身獨闖西元六世紀的英國，見到那些有名的英雄人物，發生了一連串可笑又有趣的故事。

馬克．吐溫透過這樣一個看似荒誕實則寓意深刻的故事，對當時歐洲殘存的封建君主制度，和十九世紀美國的弊端，進行了猛烈的批判。

在亞瑟王朝，美國佬見識了已經開始走向沒落的王權，殘忍貪婪的貴族，愚昧可笑的「騎士」和陰險殘暴的封建教會。這個身爲現代人的美國人堅信人人生而平等，有說心裡話的自由，有出版自由，有信仰不同宗教和根本不信宗教的自由；有選舉壞蛋當議員的自由和把他們攆出去的自由。他到了這裡，從一開始就發覺處處不對勁。他看到「一些垃圾，這些垃圾從外形上看是國王、貴族、紳士，但一個個遊手好閒，不事生產，除了浪費和破壞，幾乎什麼能耐也沒有」；「對於一個出生在自由的新鮮空氣裡的人來說眞是太痛苦了，還得聽他們低聲下氣地傾吐自己對國王、教會和貴族的赤膽忠心，就好像叫奴隸去愛戴景仰鞭子，或者叫一隻狗去愛戴景仰拿腳踢自己的陌生人。」「羅馬天主教會，這一股可怕的勢力是怎麼插手的。短短的兩三個世紀，羅馬天主教會就把一個人的國家變成一個蛆蟲的國家。」

接下來，美國人利用自己在教育、科技、文化方面領先一千三百年的優勢，從死囚牢裡一步跨上亞瑟王朝的首相寶座，成了名氣比國王還要大的老闆。他在全國創辦報紙，推行廣告，引進蒸汽機、自行車、電話等工業文明的傑作，建立現代考試制度選拔人才，希圖通過工業革命、普及教育，「對國家政體好好改革一下」。

在政治體制方面，他也推行了改革。他高舉美國的民主大旗，運用現代科技知識，一出手就大敗國師魔靈，然後分化各路騎士，徹底瓦解了封建等級制度的社會基礎。就在美國佬大刀闊斧的改革順利進展之時，老國王忽然駕崩，一直躲在幕後磨刀霍霍的教會借機頒發命令，將新政逐出教門。美國佬毫不示弱，宣布「君主政體已不復存在，一切政權均已歸還全國人民。」由此，封建教會與共和制度之間的大決戰開始了。最終他策動的革命並沒有成功，再次陷入了昏迷之中。當他醒來的時候，他發現自己又回到了十九世紀的美國。

幽默大師馬克·吐溫在這部小說裡，將他有稜有角的機智風趣展現得淋漓盡致。作者的鋒芒始終直指亞瑟王朝的三大支柱：王權、教權和森嚴的等級制度。在這本書裡，武功赫赫的英國國王亞瑟，成了一個連走路都不合格的大傻瓜，和自己的當朝宰相一起被賣爲奴隸時只賣了七塊錢。一流騎士藍斯洛穿上他那身最闊氣的鎧甲，擔任證券委員會主席，其他二、三流騎士每人身前身後各掛一塊廣告牌，完全就像塊三明治。這些讓人發笑的場面，充分展現了作者豐富的想像力。

書中有些場面雖然寫的是六世紀的英國，但實際上卻是作者在十九世紀中後期的現代美國親眼看到的情形。因此，這本書具有的現實意義也就不言而喻。

4.《警察與讚美詩》The Cop and the Anthem

與馬克・吐溫同時代的歐・亨利也是一位偉大的作家。他以短篇小說而著稱，作品構思新穎，引人入勝，結局往往出人意料。與馬克・吐溫的作品裡往往充滿了豐富的想像不同，歐・亨利更擅長於描寫紐約百姓的生活。他的代表作有《聖誕禮物》、《附家具的房間》、《警察與讚美詩》等。

《警察與讚美詩》是一篇充滿了幽默和諷刺的短篇小說。小說的主角蘇比，因爲貧困交加沒辦法過冬，只好想辦法到布萊克韋爾島的監獄待幾個月。爲了實現這個目標，他試了很多辦法。首先，他打算走進一家餐廳去飽吃一頓，然後不給錢，這樣他就會被餐廳的老闆送到警察那裡。可是，他還沒走進餐廳，就因爲衣著襤褸，被侍者趕了出來。接著他來到一間精美的商店前，用石頭把玻璃櫥窗砸壞，然後就站在原地等警察來抓他。但是，警察怎麼也不相信他就是肇事者。接下來，他又扮演流氓去調戲婦女，希望自己能因此被警察抓起來。不幸的是，他仍然沒有成功。總之，他用盡各種辦法，卻始終沒能如願以償。

這時候，從一間教堂裡傳來讚美詩的歌聲，在歌聲中，蘇比似乎看到了人生的希望。他決定放棄到監獄過冬的想法，打算去找一份差事，洗心革面，從新做人。就在這時，警察看到他無所事事地站在那裡，認爲他一定不懷好意，於是就把他給抓了起來，送進了布萊克韋爾島的監獄。

小說以幽默的筆調、戲劇性的情節，入木三分地描寫了美國底層老百姓的眞實生活。它不僅爲歐·亨利贏得了世界聲譽，也爲世界文學寶庫增添了一份光彩。

乞丐王子

暢銷新裝版

The Prince and The Pauper

做回快樂真實的自己

文學菁選 07

作　　　者／馬克 · 吐溫（Mark Twain）
發　行　人／詹慶和
總　編　輯／蔡麗玲
執 行 編 輯／白宜平
編　　　輯／蔡毓玲 · 劉蕙寧 · 黃璟安 · 陳姿伶 · 李佳穎
封 面 設 計／黃聖文
執 行 美 編／陳麗娜
美 術 編 輯／李盈儀 · 周盈汝 · 翟秀美
出　版　者／雅書堂文化事業有限公司
郵政劃撥帳號／18225950
戶　　　名／雅書堂文化事業有限公司
地　　　址／新北市板橋區板新路 206 號 3 樓
電 子 信 箱／elegant.books@msa.hinet.net
電　　　話／(02)8952-4078
傳　　　真／(02)8952-4084

2015 年 05 月二版一刷　定價 220 元

總經銷／朝日文化事業有限公司
進退貨地址／新北市中和區橋安街 15 巷 1 號 7 樓
電話／（02）2249-7714
傳真／（02）2249-8715

國家圖書館出版品預行編目 (CIP) 資料

乞丐王子：做回快樂真實的自己 / 馬克 · 吐溫（Mark Twain）著 .
-- 二版 . -- 新北市 : 雅書堂文化 , 2015.05
面 ;　公分 . -- (文學菁選 ; 7)
譯自 : The Prince and The Pauper
ISBN 978-986-302-240-4 (精裝)

874.57　104005910